シャツをたくし上げられた身体を両手で撫でられ、
俺はまた声を上げた。
「……ああ、気持ちいいな。
なんか、終わらせたくないっつうか……」
冗談じゃない、と抗議しながら
性懲りもなく追い上げられてしまう。

ラルーナ文庫

犬、拾うオレ、噛まれる

野原 滋

三交社

CONTENTS

Illustration

香坂あきほ

犬、拾うオレ、噛まれる

本作品はフィクションです。
実際の人物・団体・事件などにはいっさい関係ありません。

仕事を終えて部屋に帰り着いたのは、七時を少し過ぎた時刻だった。

コンビニで買った弁当を開け、ビールを一本だけ飲んだ。

簡素な夕飯はすぐに終わり、持ち帰った仕事を片づけることにする。来月提出予定の図面を開き、指摘された箇所の訂正案をいくつか書き込む。直しの作業を繰り返し、一段落ついたところで時計を見る。

九時十五分。

あの人はまだ仕事場だろうか。それとも駅に向かって歩いている頃だろうか。

携帯を取り出し、しばし考える。

塾講師をしている貴史《たかふみ》は、最終の授業が九時に終わる。授業のあとも、生徒からの質問を受けたり、その他の雑用をしていたりするかもしれない。職場にいる時に電話をしても、彼はきっと出ない。折り返しかけてくれるということもないだろう。それは別に構わない。

帰り道でなら出てくれるだろうか。それとも家に着く頃まで待ってみようか。人通りのあるところでは、話しづらいかもしれない。そう思った俺は、電話をするのをもう少しあとにすることにして、風呂《ふろ》に入った。

ゆっくりシャワーを浴びて、リビングに戻る。リビングといっても、ワンルームのマンションだ。

長方形の白い壁に、一間分だけのサッシ窓。備え付けのエアコンがあるが、まだ冷房も暖房も必要な季節ではない。三階建ての二階の部屋。窓を開けたら、春の余韻を乗せた、甘ったるい、湿った風が吹き込んできた。

壁に沿って置かれたパイプベッドに腰を下ろし、髪を拭《ふ》く。ベッド以外には、飯を食べるためのローテーブルと、パソコンを置く台があるだけだ。殺風景だが、不便はない。

ちょっと考えて、もう一本だけビールを飲むことにした。明日は日曜。仕事は休みだ。

十時ちょうど。

貴史はもう家に辿《たど》り着いただろうか。

食事を済ませ、俺と同じようにビールでも飲んでいるだろうか。それとも、同僚に誘われて、今頃居酒屋にでも入って、授業の進み具合や、生徒の悪口、受験の情報交換なんかをしているだろうか。

どちらでも構わない。

彼が電話に出てくれれば、それでよかった。

テーブルに置かれたままの携帯を取り上げ、電話アプリを開いた。短縮も呼び出しも使わない。十一桁《けた》の番号に触れる指は淀《よど》みなく、まるで指自体が意思を持つように滑らかに動いている。液晶に表示された番号を確かめることもなく、俺は携帯を耳に当てた。

『はい』

五回のコールの後、貴史は出てくれた。

受話器の向こう側に耳を澄ます。雑踏や、人の声のざわつきが聞こえなかった。部屋に帰っているらしい。

『……誰《だれ》？』

さらに耳を澄ます。少し遠くから、人の笑い声が聞こえてきた。テレビの音だろう。お笑い番組か何かか。

『お前、紺《こん》だろ？』

そういえば、貴史は帰るとすぐにテレビを点《つ》ける癖があると言っていた。何かを観る予定がなくても、とりあえずテレビを点けてしまうのだと笑って言っていた。

『おい、紺なんだろ？』

俺の部屋にテレビがないことに驚いて、そう言っていたっけ。

『なあ、いい加減にしてくれよ。迷惑なんだよ。やめてくれよ。なんべん言ったら分かってくれるんだよっ！』

何か音がないと落ち着かないと言っていた。

『ほんと、どういうつもりなんだよ。何回も何回も何回も！　やめろって言ってんだろ。お前のやってること、犯罪だぞ、犯罪。ストーカー行為だ。分かってるか？』

それを聞いて、意外と寂しがり屋なんだなと思ったものだ。

『もうやめてくれよ。どんだけ嫌がらせしたら気が済むんだよ。うんざりなんだよ。別れてから何ヶ月経ったと思ってんだよ。いい加減にしてくれよっ』

今日も帰ってきたら、上着を脱ぐ前にテレビを点けたのかもしれない。そういう貴史が、俺は可愛《かわい》いと思う。

『番号変えてもしつこくしつこくかけてきやがって。お前どうやって調べたんだよ。気持ち悪ぃんだよ、マジで』

先生らしからぬ言葉遣いだ。注意したほうがいいと思う。そんな乱暴な言葉を使ったら、生徒が吃驚《びっくり》するよ。

『警察に通報するからな、これ以上やったら。お前だって困るだろ?』

へえ。なんて言うつもりなんだろう。昔の男がつきまとってきて困っているんですって? 捨てた男が諦《あきら》めなくてなんとかしてくださいって?

『脅しじゃないぞ。本当だからな。あんまりふざけた真似《まね》してると、こっちにも考えがあるんだからな』

ああ、怖いな。どんな考えがあるんだろう。訊《き》いてみたい。

ねえ、どんな手を使って、俺から逃げるの?

『なあ……、俺も少しは悪かったって思ってるよ。だけど、仕方がないだろ? ずっと付き合ってくわけにはいかないんだからさ。俺、お前のこと憎みたくないんだよ。これ以上されると、ほんと、お前のこと憎んじまうよ』

――なあ。紺。

懇願を籠《こ》めた甘い声。

たった数ヶ月前まで、そんな声出して、俺の上に乗っかってたじゃないか。「紺」って呼びながら、キスしてくれたじゃないか。

『切るぞ。二度と電話してくんな』

待って。待って。もう少し声が聞きたいんだ。

俺、我慢したんだぞ。人のいる場所で貴史が困らないように、ちゃんと待って、時間を考えて電話したじゃないか。それくらい、分かってくれよ。

『また番号変えるし。非通知でかけてきても、もう出ないからな。終わりだ』

そうか。しょうがないな。

携帯を持ったまま、俺はゆっくりと部屋の中を移動する。

『職場にもかけてくんなよ。待ち伏せなんかしたら……本当に通報するから。お前、それだけのことしてんだからな。いいか、二度と俺の前に現れるな』

それは約束できない。だけど……しょうがないな。

手に取ったボイスレコーダーの再生ボタンを押し、耳に当てていた携帯を、レコーダーに近づけた。

　聞いているか？

『……あっ、ぁ、貴史、あ、んん、たか、ふみぃ……』

　聞こえているか？

『ねえ、ねえぇ、もっと、もっと、貴史、あぁぁっ』

　俺の声。俺の、お前を呼ぶ声が聞こえるか？

　よく聞いてくれよ。お前の声だって聞こえているだろう？　犬みたいにハアハア喘《あえ》いでいる、自分の声が聞こえるだろう？

　苦労したんだぞ。お前、用心深いから、すごく苦労した。

　俺との関係を、絶対に知られないように、お前が必死に証拠を残さないようにするから。

　そんな中で、貴史との愛の証拠を残すのに、俺はとても苦労したんだ。お前がそうして上手に逃げていくのを引き留める方法を探したんだ。そうやって、何からも綺麗《きれい》に逃げていけないように、一生懸命考えたんだ。

　なあ、褒めてくれるだろう？

　ボイスレコーダーの停止ボタンを押し、携帯を耳に戻す。

　貴史。聞いていてくれたか？　それとも、恥ずかしくて切っちゃったかな。また聞かせてやるよ。声の証拠はこれだけじゃないから。

黙って耳に当てている携帯から、貴史の息づかいが聞こえてきた。

なんだ。切ってなかったのか。

『お前……異常だよ』

そうかもしれない。貴史に出逢《であ》ったあの日から、俺はおかしくなってしまったのかもしれない。

『なんのために……こんな……』

なんのため？　決まっているじゃないか、貴史。

俺はお前を、手放したくないんだよ。


仕事を終え、いつものコンビニでいつもの弁当を買い、マンション前の、いつもの場所に自転車を停めた。

ビールはいつもより多めに買ってきた。明日は休みだし、その次の日も有休を取ってある。持ち帰ってまでやる仕事も、今日はなかった。

明日は少し寝坊をして、洗濯をしよう。出かけるのは夕方と決めているから、それまではすることがない。部屋を片づけようったって、片づけるものもない。ネットを少しやって、クロスワードパズルをするぐらいだ。

あとは、定時に電話をする。

あの日から、貴史は電話に出てくれなくなった。非通知を使っても、公衆電話を使っても、出てくれなくなった。だから、毎日定時に電話をしている。出てくれなくても、俺が電話しているっていうのが分かればいい。忘れなければそれでいい。

会いに行くのは簡単だ。だけどそれは必要ないだろう。

俺はただ待っていればいいだけだ。

コンビニの袋を手にぶら下げたまま部屋の前まで行くと、宅配業者らしい人がドアの前に立っていた。

思わず警戒して足が止まる。通販を頼んだ覚えもなかったし、俺に荷物を送ってくる人などいない。

「あの、こちらの笹川《ささがわ》さんのお隣の方ですか？」

「そうですけど」

よく見る宅配業の制服を着た人は、帽子の下で人懐っこい笑みを浮かべ、「よかったぁ」と言った。

「何回かここ、来てるんですけど、全然いらっしゃらなくて」

「はあ」

隣に住む人の名前は知っている。だが、会ったことはない。俺がここに越してくる前から住んでいるようだが、俺は挨拶《あいさつ》に行っていない。

たいして高級な造りのマンションではないが、そういえば隣で人の気配を感じたことはなかったと思い出す。興味もないから深くは考えなかったが、特殊な業種なのか、留守がちであるのは確かだった。

「困ったなあ」

宅配の兄ちゃんが、軽くこちらへ媚《こ》びるような声を出した。

「昨日、今日で、五回目なんですよ」

「はあ」

「あの、すみませんが、これ、お隣さんで預かってもらえませんかね？」

人のよさそうな兄ちゃんが、阿《おもね》るような笑顔でこちらを見ている。

答えはもちろん、「ノー」だ。

そんないつ帰ってくるか分からない、一度も会ったことのない隣人の荷物を預かる義理はない。それならば、管理人室に預ければいい。夜は閉まっているが、昼なら窓口があるはずだ。それもできなければ、依頼主に返すだけだろう。

常識だ。

宅配の兄ちゃんは、じっと俺の返事を待っている。俺の出方を待っている。

少し考えて、俺は「いいですよ」と言った。頼んだ兄ちゃんのほうが「え？」といった顔をしたのがなんとなく可笑《おか》しかった。

「ハンコとかいるのかな」

「ああ、はい。できれば」

「玄関に置いてあるから。ちょっと待ってて」

宅配の兄ちゃんに背を向け、俺は鍵《かぎ》を差し込んだ。

ドアを開けたところで、案の定、兄ちゃんが俺を押すようにして入ってきた。

背後から伸びてきた手で口を押さえられ、もう片方の手で腕を絞り上げられる。兄ちゃんの落とした段ボール箱と、俺の落としたコンビニの袋が足に当たった。

「騒がないで」

騒ぐつもりはない。だけど、痛い。

声を出さないまま、コクコクと抵抗の意思がないことを示す。

それを確かめた兄ちゃんは、腕を絞り上げたまま、口を塞《ふさ》いでいたほうの手でドアをロックした。

「ホント、騒がないで」

本当に騒ぐつもりはないが、これ以上腕を絞り上げられたら、痛さで騒いでしまうかもしれないと思ったところで、兄ちゃんがやっと力を緩めてくれた。用意していた紐《ひも》で両手を括《くく》られる。慣れた手際だと思った。

後ろ手に括られて、不自由ではあるが、痛みはなくなったので、ほっと息を吐いて靴を脱いだ。

「おいおいおいおい。勝手に動くなよ」

慌てながら、それでも兄ちゃんは俺を拘束する時に落とした段ボール箱を律儀に拾って、玄関の隅に置き直している。

「勝手にったってここ、俺んちだし。いいだろ別に。逃げたり騒いだり泣きわめいたりしないよ」

すたすたと短い廊下を過ぎ、縛られたまま、照明のスイッチを肩で押す。天井に張りつけられた丸いライトが一瞬瞬いて、四角い部屋を照らした。

俺はベッドに腰かけながら、なおも俺の落とした弁当だのビールだのを拾っている兄ちゃんの作業が終わるのを待っていた。

やっと一通りの仕事を終えたらしい兄ちゃんが、弁当とビールの入った袋を持って部屋に上がってきた。「お邪魔します」と挨拶するところが変だと思ったが、こっちもいい加減普通ではない自覚があるから「どうぞ」と言ってやった。

部屋の真ん中に置いてあるテーブルにコンビニの袋を置き、そのまま座り込んだ兄ちゃんを、ベッドに座ったまま見下ろした。

見上げた顔が、不思議そうに俺の顔を眺めている。まるで珍種の動物でも見るような目つきだ。

「お前、変な奴だな」

俺の腕を絞り上げ、部屋に押し入ってきた胡散臭《うさんくさ》い奴に「変」と言われてしまった。

「強盗に言われたくないけど」

「強盗じゃねえよ。まあ、そんなようなもんだけど
兄ちゃんが苦笑する。どうにもことがすんなり行きすぎて、戸惑っているようだ。

「じゃあ、もうちょっと抵抗すりゃよかったか？」

「いや、それも困るな。近所から警察に通報されたらやばいしな」

「じゃあ、危ないことしなけりゃよかったんだよ。だいぶ痛かった。もう少しで大声出しそうだったんだぞ」

「悪い。てか、焦ったんだよ。腕大丈夫だったか？」

「縛られてるから大丈夫じゃない」

間抜けな会話だ。

俺が騒がないと判断したのか、兄ちゃんはテーブルに置いたビールを断りもせずに飲み出した。

「プハ。すげ、緊張したから喉《のど》渇いた。うんめぇ！」

「……ビール泥棒」

俺の声に、兄ちゃんが驚いたような顔をする。

「うわ、何それ、すげえショボいネーミング。ちょっとやだそれ」

「俺のビールだ。俺も飲みたい。なあ、腕解けよ。暴れないし、逃げないから」

「それはちょっと無理だな。まだ本懐は遂げてないし。我慢してよ。飲みたきゃ、そうだなぁ、あ、ストローあるか？」

「そんなものないし、ストローでビールなんか飲みたくない」

せっかく今日はゆっくり飲もうと思っていたのに、台無しだ。

「お前さあ、もうちょっと緊張感持ったら？　怖くないの？　つか、警戒心なさすぎ。普通断れよ。隣の荷物とかさあ」

押し入ってきた本人に忠告された。何言ってんだこいつ、と男の顔を見下ろす。緊張感がないのはどっちだよと思う。

「分かってるよ。だって頼まれたんだろ？　貴史に」

ビールを呷《あお》っていた兄ちゃんの眉《まゆ》がピクっと上がった。

「伊勢谷《いせや》貴史に、頼まれたんだろ」

「分かってて俺を部屋に入れたのか？」

「入れてないよ。あんたが押し入ってきたんだろ」

「そりゃまあ、そうだけど」

一気にビールを飲み干して、またプハっと満足そうに息を吐き、兄ちゃんは被《かぶ》っていた帽子を取った。

サイズの合わない帽子を無理やり被っていたらしい。手入れのされていないボサボサの中途半端な長さの髪が、脱いだ帽子の線をつけたまま跳ねていた。明るい茶髪が軽薄そうだ。根元はもう伸びていて、地毛の黒に変わっている。プリンのような頭が貧乏臭いと思った。

「あんたなに？　やくざ？」

伸びっぱなしの髪は貧乏臭いが、その下にある顔は意外と整っている。太い眉と切れ長の目、俺よりも高い鼻と、やはり俺よりも厚い唇。造作は大きいが、バランスよく綺麗に並んでいる。そんな整った顔をしていながら、ニカ、と白い歯を覗《のぞ》かせている笑顔は愛《あい》嬌《きょう》があり、馬鹿っぽい。

二十四歳の俺とそう違わない年齢なのか。それとも、もしかしたら年下かもしれない。

「そんな上等なもんじゃねえよ」

やくざを上等だという言葉に、この男の程度が窺《うかが》えた。たいしたことない。ガタイは大きいが、肉体労働をしているような身体《からだ》つきではないと思った。俺を押さえつけた手も大きかったが、硬さは感じなかった。

だが、程度は低くても、間違いなくプロだ。人を押さえつけ、動けなくする術《すべ》を知っている。俺が荷物を受け取るのを断っても、別の方法でやはり部屋には入ってきたのだろう。もっと乱暴なやり方で。

「それで、どうすんの？　俺、殺されるのか？」

俺の質問に、男は本当に吃驚したような顔をして、目を見開いた。

「そんな怖ぇことしねえよ！　あっぶねえな、お前」

動揺したのか、また人のビールを取ってフタを開けている。

「そうか。まあ、そうだろうな」

人に殺しを頼むような度胸を、貴史だって持っていないだろう。そんなリスクを自ら背負うような人じゃない。それにどうせ殺されるなら、俺は本人に殺されたい。見ず知らずのこんな、軽薄そうな男に殺されるのは、ちょっと嫌だ。

男は心底不思議そうな顔をして、俺を見ながらビールを飲んでいる。

喉が上下するのを見ていて、俺も喉が渇いてきた。この調子だと、買ってきたビールを全部飲まれてしまいそうだ。弁当だって食べられるかどうか分からない。だいたいこいつはいつまでここにいるつもりなんだろう。

「ビール俺にもくれよ。手、縛ったままでいいからさ。前で縛ってくれたら俺もビール持てるし」

俺の提案に、兄ちゃんはしばらく考えていたみたいだが、「いや、やっぱ駄目だ」と言った。

「なんでだよ。暴れないって言ってるだろ？　ビールくれないなら騒ぐぞ」

「お前、言ってることおかしいよ。つか、あんまり我《わ》儘《まま》言うと、口も塞ぐことになるだろ？　俺だって手荒なことはしたくねえんだよ」

そう言いながら、男は玄関に置きっぱなしの箱を顎《あご》で指した。

「あん中、いろんな拘束道具入ってんだぜ」

どうやらビールを寄越せという俺のささやかな願いは聞き入れてもらえないらしい。それならさっさと用を済ませて帰ってもらうしかなさそうだった。

「じゃあ、早く用件済ませて出てってくれよ。金は尻《しり》の財布。たいして入ってないけど。通帳はクローゼットの引き出しの一番上。そっちもたいして入ってない。……まあ、貴史が、伊勢谷貴史が欲しがっているもんは別だろうけど」

貴史にあれを聞かせた日から、分かっていた。どんな手を使ってくるかは分からなかったが、いつかあれを取り上げに来るだろうとは思っていた。あいつがあのまま黙っているはずがない。

本当なら直接本人が来てくれるのが一番だったが、たぶんこんな形をとってくるんじゃないかなとも思っていた。用心深くて狡猾《こうかつ》な貴史らしい。

「まあな。これだけ冷静なところを見ると、分かってるんだろうな。てかさ、分かってるんならすんなよ、そういうこと。なあ、ストーカー君。あんなことしなきゃ、こんな怖い思いしなくてもよかったんだぜ？　反省してる？」

「怖い思い？」

そんな経験はしたことがなかったし、今だって思っていない。

待っていただけだ。

俺から逃げた貴史が、俺を追いかけてくるのを、ただ待っていただけだ。

俺の顔を見上げて、男は「あーあ」と大袈裟《おおげさ》なため息をついた。「全然反省してねえじゃん」と呆《あき》れた声を出している。

「証拠の品はもちろんもらってくけど、依頼はそれだけじゃねえんだよ。ちょっとやそっとじゃへこたれないから、二度と依頼人に近づきたくなくなるようにしてくれって言われてんの。俺だってやりたくないんだよ？」

言い訳をするように男が言う。本当に気が進まない様子だ。

「それに、用が済んでもすぐに出てくわけにはいかないのよ。しばらくここで、俺に監禁されててくんない？」

「監禁……か」

それは困ったなあ、と思った。

明日の用事はどうでもよかったが、明後日《あさって》は困る。せっかく有休も取っているのだ。大切な用事がある。

「いつまで?」

「んー、少なくとも明後日まではおとなしくしててもらわないとな」

やっぱり、と落胆した。この男を部屋に入れてしまったことを、初めて少し後悔した。だけど、今の状況を回避できたとしても、きっと別の方法で俺の行動を阻止しただろうと思うと、どちらにしても防げなかったのかもしれなかった。

俺の落胆を見て取った男がふっと笑った。

「そんなにがっかりしてるとこ見ると、やっぱ追いかけようとしてたんだ、先生のこと」

塾講師になる前に、貴史は高校で教職に就いていた。明後日はその高校の創立百周年の記念式典がある。それに招待されているのを、俺は知っていた。

「困るんだってよ。大事な式典だからさ。仕事なんだよ。ちょっとは考えてやったら? 先生だって立場があるんだからさ」

数多《あまた》ある進学塾の中で、生徒を獲得するのにどこも必死なのだろう。夏季講習や冬期講習なんかの短期から、浪人生の受け入れまで、待っているだけでは人は集まらない。貴史の勤めている予備校は、わりと名の知れている大手だったが、それでも営業は欠かせない。前職での百周年の式典は、営業するのに絶好の機会なのだ。

「じゃあさ、俺がそこに行かないって言ったら、あんた、帰ってくれるか?」

貴史の仕事を邪魔するつもりはない。俺は俺の用事を済ませたいだけなのに。

俺の質問に男は、ハッと息を吐いた。笑ったらしい。表情の豊かな男だなと、その顔を眺めていた。

「んーなわけねえだろ。ストーカーの言うことをそのまま信じるほど、こっちはお人好しじゃねえんだよ」

充分お人好しそうな顔で男が笑っている。

「やっぱり駄目か」

「駄目だね」

「追いかけるつもりなんかなかったよ。本当に」

「嘘《うそ》つけ」

「嘘じゃない」

「だってお前、明後日有休取ってんじゃねえか。先生追いかける用事以外、どんな理由でわざわざ有休取るんだよ？　え？　ストーカー君」

「知ってんのか」

「そりゃあ、一応調べるさ。日頃の行動パターンとかさ。危険な仕事を請け負ってるんだし。周到な準備がいるわけよ」

この二週間、この男は俺の行動を監視していたのだと言った。全然気がつかなかった。

もっとも、なんの注意も払っていなかったし、気づいたところでどうしようとも思わないが。

「つまんねえ毎日送ってんのな。仕事行って、どこにも寄らずに帰ってきて、嫌がらせの電話して。何が楽しいの？　わけ分かんねえよ」

呆れたようにして、男は俺のこの二週間の生活ぶりを見た感想を述べている。余計なお世話だった。

「昼休みは毎日おんなじ牛丼屋でおんなじ飯食って。二週間だぞ、二週間。飽きねえのか？」

真剣に訊かれて、俺は首を傾《かし》げた。

「夕飯だってよ、同じコンビニで同じ弁当買って。ビール飲んで。ま、ビールはいいけどよ」

「弁当はたまに違うのを買う時もある」

「いつも買うのがない時だろ？　俺、あんまり毎日お前がそればっか買ってくから、よっぽど旨《うま》いのかと思って食べてみたんだぞ」

「あ、最近弁当がなくなってんの、あんただったのか」

いつ行ってもあれが置いてあるから買っていたのに、最近なくなっていることがあって困っていたのだ。他のものを選ぶのが面倒だったんだぞ、と、男に抗議をした。

「不味《まず》いとは言わないけどさあ、毎日食いたい味でもねえだろうよ」

「いいんだよ」

旨いものを食べたいと思って買っていたわけじゃない。だいたい、旨いかどうかなんて考えたことがないし、興味もないのだ。選んだり悩んだりする面倒のほうが、俺にとっては苦痛なのだ。

「そういう執着がストーカーの極意か？」

男が解せないという顔で訊いてくるから「きっとそうなんだよ」と答えてやった。

弁当のことを話題に出されたから、腹が減っていたのを思い出した。テーブルに置いてある弁当を食いたいと思う。

「なあ、明後日まで俺、飲まず食わずなのか？　トイレとかどうすんの？　垂れ流し？弁当食いたいんだけど」

男が顔を顰《しか》めた。

「お前、食うものと出すものの話、一緒にすんなよ」

「なんでだよ。一緒だろ？　食ったら出るし、食わなくたって出るぞ」

ああ、もう、と言いながら立ち上がった男に連れられて、玄関まで一緒に行った。靴脱ぎに置かれた段ボール箱を持って、また部屋に戻る。

言ってくれればベッドでおとなしく待っていたのに、わざわざ俺を拘束したまま連れ回す男に少し呆れた。だいたい、弁当やビールを持ってくる前に、自分の道具を先に持ってこいと言ってやりたい。

自分の不手際に気づきもせず「調子狂うんだよ」と文句を言いながら、箱のフタを開ける男の手元を、俺はベッドにもう一度腰かけて眺めていた。

男が言っていた、拘束具と称するものが取り出されていく。手錠、鎖、首輪がジャラジャラと金属音を立てて、床に並べられた。

「いっぱいあるな。商売道具？　あんた、こういうのが専門なのか？」

「違ぇよっ！」

知識で知ってはいたが、本物は初めて見る。明らかにそれ専門のプレイ用具だ。無骨な指で、丁寧に並べている男に興味をそそられて訊いてみたが、男は即座に否定をしている。

「俺だってこんなの買うの初めてだよ。でも、三日も拘束するわけだから、それ相応の用意はいるだろ？」

でも買う時ちょっと楽しかったけどなと、男は小さく笑って言った。

「そんなんつけなくても、逃げやしないよ」

本気で言っているのだが、「ストーカーの言うことなんか信用できるか」と返されてしまった。

それなら仕方がない。諦めるか。

並べられた道具を前に、男がうーん、と唸《うな》っている。手当たり次第買ってきたはいいが、どれを使おうか迷っているらしい。

「とりあえず、飯が食べれるようにしてくれよ。あとはどうでもいいから」

「そうか？　これ、鍵かかるから、こっちとこっちに嵌《は》めて、あとはベッドにでも繋《つな》いどけばいいか」

「ああ、それでいいんじゃない？　鍵は俺の手の届かないようにしとけば外せないし」

「そうだな」

二人で相談しながら床に並べられたものをつけていった。まず、両足に革ベルトを巻いて鎖で繋ぐ。足と足とを繋いである鎖の真ん中に、もう一本長い鎖を引っかけて、ベッドの脚に繋いでみた。

そうしてから後ろに縛られていた紐を解かれ、前に回した手首の片方に手錠をかけられ、これも伸ばした鎖で足枷《あしかせ》に繋がれる。座って飯を食べる分には多少の自由はきくが、立ち上がって男に飛びかかるのはできない感じだ。もっともそんなつもりもなかったが。

これもつけるかと首輪を見せられた。必要はないと思ったが、男はせっかくの道具をすべて使ってみたいようだったから、いいよと言った。足枷とお揃《そろ》いらしい、黒革の太めのベルトが首に回る。

首輪についた鎖の端を握った男が笑った。屈託ない笑顔は楽しそうではあるが、状況にまったくそぐわない。

「こんなもんかな」

「いいんじゃない？　じゃあ、飯食っていい？」

黙って食べてもよかったが、首輪をつけられた状況で、なんとなく許可を得なければいけないような感覚に陥るのだから、変なものだなと思う。

「なんか、変な感じ。ご主人様って言いたくなるな」

俺の言葉に男が噴き出した。

「言うなよ。あっぷねえなぁ」

いただきますご主人様、と言って箸《はし》を取ると、男は鎖を持ったまま、ゲラゲラと笑った。

そのあとは黙って箸を動かした。弁当の端からおかずを拾い、ご飯と交互に口に運び、時々ビールで流し込む。

ご飯、おかず、ご飯、おかず、ビール、ご飯、おかず。

何日も、何ヶ月も、何年も繰り返した動作を、何も考えずに繰り返す。口に入れ、咀嚼《そしゃく》し、流し込む。ただそれだけの行為。

首輪をつけられ、手枷、足枷を嵌められ、鎖の端を握った男に監視されながらの食事はいつもとは違ったが、食べる行為にはなんの支障もない。腹が膨れればそれでいい。

「なあ、お前、なんであんなことしたの？」

俺が食べるのを、ビールを飲みながら眺めていた男が口を開いた。返事をしないまま、食事を続ける。

「男に捨てられて、自暴自棄になるのは分かるよ。けどさあ、つきまとったってどうしようもねえだろ？」

ご飯、おかず、ご飯。もうすぐなくなる。

「普通に大学出て、結構いいところで働いてんじゃん。自分の人生台無しにしたいのか？」

三本買ってきたビールの二本を飲まれてしまった。冷蔵庫に一本ぐらいストックしておいたほうがよかったなと少し後悔する。

「おまけにあん時の声録音してたって。そりゃ向こうだってビビるよ。やりすぎだって」

弁当を食べ終わる。ビール、もっと飲みたかった。でもないんじゃしょうがない。まあいいか。

「どんだけ好きだったか知らねえけど、でも、人の気持ちなんてどうにもなんねえって」

そういえば、明後日までこの部屋に一緒にいるって、飯とかどうするんだろう。うち、何もないのに。米もないし。

「なあ、明後日までどうすんの？　これ食べたらもう食べるものないぞ？」

空の弁当をテーブルに置き、俺が訊くと、男が首を傾げた。

「どうするって……何かあんだろ？」

「ないよ？」

「米とか」

「ないって。だいたい炊飯器ないし」

「マジ？」

男が改めてというように、部屋を見回した。

「でも、何かあるだろ……」

信じたくないのか、男が確かめようと立ち上がる。鎖を持たれていたから、俺も一緒になって立ち上がったら、ベッドに括りつけられた鎖に引っ張られ、俺は首を男に、手と足をベッドに引っ張られて、無様に膝《ひざ》をついてしまった。

慌てた男が「悪ぃ」と言って、ベッドに繋がれた鎖を外してくれた。鎖を持っている手を離してくれたほうが楽だし早いのに、男は鎖を離さない。だいぶ馬鹿のようだ。

また引っ張られるのが嫌だから、男と一緒に数歩進んで台所に行く。

部屋の隅にある簡素な台所には、調理器具なんか何も置いていない。備え付けのコンロとこれも備え付けの小型冷蔵庫と、弁当を温めるだけの電子レンジがあるだけだ。鍋《なべ》も包丁もない。

就職が決まって、ここに越してきてから一年以上経つが、弁当以外のものをここで食べたことがなかった。

「お前……どういう生活してんの？」

訊かれて首を傾げた。

「ええと、寝て、起きて、弁当食べる生活」

恐ろしげなものでも見るように、男が見返してきた。

こういう表情は知っている。前はよくこんな目で見られた。なんとなく懐かしさを覚え、男を見返して、俺は笑ったらしい。

「あとは仕事して、それから嫌がらせの電話してる。あんた見てたんだろ？　俺の生活」

何もないと言っているのに、空の冷蔵庫をしつこく開けて、それからコンロのつまみを回してカチカチといわせている。

「元栓締めてあるから、火、点かないよ」

俺の注意に男が振り返った。

「なんで？」

「料理しないから」

「んでも、お湯沸かしたりするだろ？」

「しない」

「なんで？」

「だから弁当しか食わないから」

ポカンと口を開けたまま、まじまじと見られる。

「お前、本当、おかしいよ」

改めて言われなくても自覚はある。だけど仕方がないじゃないかと思う。この生活自体は、誰にも迷惑はかけていない。

「こんな変な生活してるから、ストーカーとかになるのかもしれねえな」

妙に納得したふうに言われ、「そうなのかもな」と同意してみた。

人にどう思われようと、どうでもよかった。そんなだからと言われてしまえばそうかもしれないと思うし、別に理解されたくもない。生活を変えようとも思わないし、変え方も分からない。

リビングスペースに戻ろうとする足についていく。引っ張られないためにはそうするしかない。男は鎖を持ったままだということも忘れているようだった。

男が腰を下ろすのに合わせ、俺も同じようにベッドに腰かけた。

「まあ、あれだな。たった三日のことだし、ピザでも寿司でもとりゃいいし。今はネットで配達も頼めるし。パソコンはあるみたいだから」

立ち直りは早いようだった。

「それにしても、驚いた。お前、凄《すげ》ぇよ。なんか凄え」

「何が？」

「徹底してるっつうか。その動じなさ加減っつうの？　俺もさあ、大概のことは慣れてるつもりだったんだけどな。いろんな依頼人いるし、いろんな人間見てきたんだけど」

「ふうん」

「普通はもっと慌てるわけよ。俺みたいな風体の奴に来られたら、ビビるわけよ。ほら、俺、ちょっと強面《こわもて》だろ？」

全然強面じゃないと思う。むしろ人がよさそうだなとの印象が強まるばかりだ。そう思って首を傾げると、男は「ほらな。そういうところが凄いんだって」と言った。

新しいパターンだと笑う男に、少し興味が湧《わ》いた。俺にしては珍しいことだ。

「依頼ってどういうのがあんの？　やっぱ俺みたいな奴の相手すんのが仕事なのか？」

「お前みたいな奴って？」

「だからストーカー退治とか」

男がまた噴いた。

「退治って……。お前自分で言うなよ。つか、退治される側だって認識してんじゃねえよ。認識すんならやるなよ、初めから」

「できないからあんたの仕事が繁盛するんだろう。感謝されてもいいぐらいだ」

「今度は恩を着せてきたか。今日みたいな仕事は俺だってしたことねえよ」

憮然《ぶぜん》としたまま、男は探偵だと言った。

「ま、探偵っつってもたいしたもんじゃないけど。正確に言うと、の、ようなものだな」

「探偵のようなもの？」

「浮気調査とか、身辺調査とか。そういうのは上等なほうだな。大概はあんたみたいなちょっとやばい兄ちゃんに脅しをかけたり、借金の取り立ての手伝いしたり。ようは便利屋みたいなもんだ。それも手伝い程度。本当のこと言うと、探偵業やってんのは別の人で、俺はその下請け業」

やくざを上等だと言った男は、それ相応の、堅気だとはいえない生活を送っているらしい。中途半端な崩れ具合にふさわしい、中途半端な危ない仕事の手伝いをしている中で、俺への仕事が回ってきたのだ。

ストーカー行為に悩まされているが、相手が同性であるがゆえに、警察にも周りにも相談できない。おまけに聞かれたくない情事の証拠を持って、嫌がらせをしてきた。証拠の品を取り上げて、ついでに脅してもらいたい。ちょっと痛い目に遭わせ、二度と自分に近づかないように、精神的なお灸《きゅう》を据えてほしいという依頼だという。

「精神的なお灸ねえ……」

「そ。んで、明後日の記念式典にたぶんお前も出てくるだろうから、それを阻止してくれって。どうあってもお前と接点持ちたくねえんだとよ」

「で、三日間の監禁か」

「そう」

「でもさ、それなら何も三日かける必要ないだろ？　当日俺が出かけないようにすればよかったじゃないか。第一、俺、本当に貴史追いかけるつもりなかったし」

「嘘つけ。じゃあ、なんで仕事休み取ったんだよ」

「別の用事だよ」

「どんな用事だよ」

「あー、あれだ。姉の大事な式があんだよ」

「なんだ？　式って。結婚式か？」

「その式に是非とも出席しなきゃならないから。だから、それだけ出たら、絶対に帰ってくるから、俺を行かせてくれ。貴史の出席する式典は夕方からだろう。俺の用事は昼なんだ。朝出かけて式に出たら脇目《わきめ》もふらずに帰ってくるから、絶対に夕方までに。約束する」

俺にしては必死の懇願に、男がポカンとした顔をしている。

「なんだそれ。お前はメロスか？　そして俺は悪者の王様かよ。つか、人質の親友がいねえじゃん」

小学校高学年程度の教養はあるらしい。

「第一、お前、姉ちゃんなんかいねえじゃねえか」

「よく知ってんな」

「お前、馬鹿にしてんの？　俺がなんの下準備もなしに、闇雲《やみくも》にここに押し入るわけないだろ？　仮にも人一人監禁するんだからさ。どんな奴かぐらい調べるって」

「それもそうだな」

呆れたように男は言って、それから、調べたらしい俺の経歴を並べ始めた。

「佐竹《さたけ》紺。二十四歳。出身は隣の県。親は地元で不動産業を経営。兄が一人。大学受験に失敗して浪人するために上京。その後一応難関といわれる大学に一浪して入学。卒業して今の会社に就職。電子、電気機器の設計製造する会社で、回路設計の部署に所属。仕事ぶりは至って真面目《まじめ》。無遅刻、無欠勤。ただ、協調性はなし。ここには会社に自転車通勤ができるというずぼらな理由で越してきた。隣人に引っ越しの挨拶もしない非常識者」

「なんだよそれ。引っ越しの挨拶は関係ないだろ。当てずっぽうでものを言うな」

「だって当たってるだろ？」

まあ、そのとおりなんだけど。

男は得意げにさらに続ける。

「浪人した時に入った予備校で先生と出会い、熱烈につきまとって、根負けさせた末にとうとう先生を手に入れる。しばらくは楽しい交際期間があったわけだが、ある日、我に返った先生に捨てられる。趣味はストーカー。生き甲斐《がい》はストーカー行為。今に至る。ま、こんなもんだな」

「よく調べたな」

俺の賞賛に男が得意げに笑う。

「依頼人から聞いたんだよ。あとは詐称がねえか、照らし合わせただけだけどね」

「そうだろうな」

「間違ってるか？」

「いや、そんなもんだろ」

この男の程度なら。

「だから、姉ちゃんの結婚式に、お前は出れないわけだ。姉ちゃんいねえから」

「そうなるな」

「それにほら、当日阻止しようと思っても、お前に先に行動起こされたら困るだろ？　お前頭よさそうだしさ。現に俺がここに来んのもなんか分かってたみたいだし。行方くらまされて、突然目の前に出てこられたら、先生困るだろ？　先生に言われてたんだよ。あいつは神出鬼没だからって。しかも手段を選ばない」

「貴史は……やっぱり俺のこと、理解してくれてるんだな」

「お前の異常な行動パターンが怖くて警戒してんだよ。そんで、監禁して先生が安心して仕事をしてる間に、その……、ちょっと脅しといてくれってさ。弱み見つけてそこを衝《つ》きたいんだけど、お前の生活ってマジなんもねえし。そうなると弱み作るしかなくなるわけ」

「まあ、そうだろうな」

俺だって本当はこんなことしたくねえんだと、男はちょっとバツが悪そうに下を向く。

証拠の品を処分し、俺が貴史のあとを追いかけて、その式典に現れないようにする。そして痛い目に遭わせる計画。そのための拘束具だ。精神的なお灸を据えるための道具と、その記録を収めるためのものが、まだ箱に入っているのだろう。

そういったお灸の据えられ方をされて、多少は嫌な思いもするのは自分でも理解できた。だけど、それで俺が反省して貴史から手を引くかというと、たぶんそんなことはない。そう思ったが、あえて口には出さなかった。

むしろ、貴史はやはり人を陥れるのに、こういう手段を使ってくるのだということが確信できて、それが嬉《うれ》しかった。

俺のやっていることは、確実に貴史を追いつめているのだ。

「だけどさあ、やっぱ俺、ちょっと分かんねえな。あんたさ、真面目に仕事やってんじゃん。学校だっていいとこ出てるし。普通にしてりゃ、あんな先生なんかよりもっと上等な奴捕まえられるだろ？　そりゃ、あの先生もいい男だとは思うけどよ。そこまで執着するようなものでもねんじゃね？」

「普通じゃないんだからしょうがないだろ」

「だから自分で普通じゃねえって分かってるところが分かんねえんだよ。動揺もしないし。怖くねえの？　自分がどんな目に遭わされるか、想像ついてんだろ？」

想像はついているが、その目に遭わせようとしている本人に、心底心配げに問われても、と思い、俺はまた首を傾げた。そんな俺を見て、男も大きなため息をついた。

「なんだかなあ。こっちの気分が落ち込むっつうか、お前ちょっと変だけど、悪い奴じゃなさそうだし」

「ストーカーだぞ？　充分悪いだろう」

「またそうやって自分で言う。だから、なんで分かっててやるんだよ？」

「分かっててもやめられないからだろ。そういうのがストーカーだ。愛だよ、愛」

ふざけて言うと、男はムッとしたように口を尖《とが》らせた。

「本当にあの先生のことそんなふうに思ってんのか？　俺にはそう見えないけど。そんなの愛じゃないだろう。苦しめようってしてるだけだよ、お前のしてること」

「愛だよ。俺は貴史を愛してる。あいつが逃げようと、脅してこようと構わない。俺を忘れてほしくない。そのためならなんでもする」

「だから、そんなん、愛じゃねえだろう？」

「愛なんだよ」

俺のことを忘れずにいてほしい。一生引きずって生きてほしい。そのためならなんだってする。追いつめて、追いつめて、追いつめられた果ての、貴史の本当の姿が見たいんだ。こんな中途半端な脅しをかけられるだけでは全然足りない。

もっとだ。

もっと追いつめて、本性を剝《む》き出しにした貴史が、俺にどんな気持ちをぶつけてくるのか、それが見たいんだ。

「……しょうがねえなあ」

本当に仕方がないというようにため息をついて、男が立ち上がった。持っていた鎖を少し考えてから、パイプベッドのヘッド部分に取りつける。ついでのように、手錠も両手に嵌められ、これもヘッド部分に繋がれた。ベッドに腰を下ろし、両手を引っ張られた不自然な格好のまま、俺は奴のすることを眺めていた。

「そろそろ仕事に取りかかるか。じゃ、まずはあれだな。証拠の品、出してもらおうか。どこにある？」

「そこ」

パソコンの台に無造作に置いてあるボイスレコーダーを指して答えた。

「即答だな。つか、無防備に出しておくなよ。ホント、変な奴」

手に取ったレコーダーを興味深げに弄《いじ》っている。再生と録音しか機能のない簡単な機械から、俺と貴史の声が流れた。

しばらく聞いていた男は、無表情のまま音を切った。

「あとは？　これだけじゃないだろ？」

家捜しをするまでもない、何もない空間を、それでも男は丁寧に探して回る。クローゼットを開け、引き出しを一つ一つ確かめながら、衣類のポケットの中までさぐって証拠の品を探していった。俺も問われるまま、素直に答えていく。

貴史とここでセックスするたびに、録音していたレコーダーは、カード型のと、ペン型のと、全部で三つほど用意していたが、結局三つめは使わず終《じま》いだった。

「写真とかは？」

「ない」

「本当かよ？」

「本当だ。あいつ、用心深いから、そんな大仰なのを用意したら、すぐにバレる。声が精一杯だった」

情事の写真だけじゃない。普通に会っている時でさえ、貴史は常に証拠を残さないように用心していた。携帯に写真を残すことすら許してはもらえなかった。

何もない空間を、男は時間をかけて探して回った。家具を動かし、隙間《すきま》に手を入れ、カーテンの上を覗き、敷き詰められた絨毯《じゅうたん》の端から端まで異物がないか確かめた。

その様子を眺めながら、案外こいつはプロの中でも上等なほうなのではないかと思い始めた。軽薄な外見に似合わず、仕事に隙がない。

考えてみれば、貴史だって危ない依頼をするのに、信用のないチンピラを雇うわけがなかった。こいつの雇い主である探偵という奴が、よほど信頼のおける立場にあるのか。それとも、この男自身が相当な男なのか。

携帯のような機械を部屋の隅々にかざし、何かを確かめている。電話の受話器と、そのコンセントの差してある中から、盗聴器を見つけられてしまった。

ち、と舌打ちしたら、男が得意そうにしてこちらを見た。

「見ーつけた。お前、隠すなって言っただろ？　つか、自分の部屋に盗聴器仕込むなよ」

「まだそれ、証拠品じゃないし。何も入ってないし」

こんなに簡単に見つかるとは思っていなかったし。

人を外見と物言いだけで判断するのは少し浅はかだったと反省しながら、その後も男の仕事ぶりを黙って見ていた。

二時間以上は経っただろうか。深夜近くになって、ようやく男が作業を中断させた。

「終わったのか？」

「まあ、今日のところはな」

「だからもうないよ。ちゃんと正直に言ってるのに信用しないんだから。ご苦労なことだな」

「ま、仕事だから？」

たいして疲れた様子も見せず、男はパソコンの前に座った。「あとは、こん中を綺麗にすっか」と、電源を入れている。念の入ったことだ。

「パスワードは？」

「ない」

「マジで？　あ、ほんとだ。あーあ、ちょっとは用心しろよ。全部消すぞ？」

「ああ。嫌だって言っても駄目なんだろ？」

「まあな」

カチャカチャと軽快な音を立てて、パソコンを弄っている。背中を丸めてパソコンの前に座っている姿が少し可笑しい。あの無骨な指が軽く動いていくのが意外な思いだった。

「へえ。慣れてんのな」

「まあな。ＩＴの時代だぜ？　これぐらいできなきゃ仕事もこねえし。常識だよ」

「クラッキングとかもすんのか？」

「それは企業秘密です」

案外そっちのほうが本業に近いのかもという気がした。背は俺よりも高いが、格闘家のような無骨さはない。人の秘密を探り、それを糧にするほうのプロなのかもしれない。

　こちらに背を向けて作業を進めている男を眺めていて、俺はふと気がつき、声をかけた。

「なあ、あんた、名前なんていうの？」

「なんで？」

「だってこれからしばらくは一緒にいんだろ？　不便じゃん。仮名でもいいからさ。呼び名つけさしてよ」

「そうだな。ストーカーに本名教えんのも怖いか」

　こちらを見ないまま、冗談のような声を出して男は言った。

「それともご主人様って呼ばれたいか？」

　前を向いたまま、男はさっきと同じようにゲラゲラと笑う。本当に楽しそうに笑う男だ。

「じゃ、テツロー」

「テツロー？」

「そ。名字は勘弁な」

「分かった。じゃあ、テツロー、トイレ行きたい。それから喉渇いた。眠い。この格好疲れた。横になりたい」

「お前、ご主人様とか言ったわりに、言うこと横柄だな」

　呆れた声を出しながら、テツローはベッドから鎖と手錠を外してくれた。「逃げねぇんだろ?」と、そのまままたパソコンに向かうから、俺はジャラジャラと鎖を引きずったまま、トイレに入った。

ユニットバスとトイレが一緒になった空間で用を足し、ついでに洗面所の水で顔を洗い、水も飲んだ。出てくると、テツローは「喉渇いたっつったって、お前、水も入ってねえじゃん」と、冷蔵庫を覗いているところだった。

「今、飲んできた」

「あ?」

「洗面所で」

「お前、そこの水飲んだのか?」

「飲んだよ?」

ええ~信じらんねえとテツローが騒ぐから、珍しくムッとした。顔も洗うし、歯だって磨く。汚水が出てくるわけではないのだから、飲んだっていいだろう。

騒ぐテツローの前を無言ですり抜けてベッドに戻ると、そのまま壁を向いた格好で横になった。疲れたような気がするし、面白くないから、もう寝ようと思った。

テツローは足枷と首輪についた鎖を丁寧にベッドに括り直している。逃げないって言っているのに、しつこい奴だ。

「逃げないって言ってんだろ」

「わーかってるって。怒んなよ。傷ついちゃった？　プライドに障ったか？」

からかうように言われ、ますます頭にくる。プライドなんて、そんなものを持っていたら、こんな格好を許してはいない。

「はあ？　何言ってんの？　拉致《らち》監禁男が、ご機嫌とってんじゃねえよ」

「うわ、ひでえ。ストーカーに犯罪者呼ばわりされちゃってるよ、俺」

からかうような口調のまま、テツローは「分かったから、もう寝ろ」と俺に布団をかけてきた。そこで初めてテツローはどうやって寝るんだろうかと気がついた。うちには客用の布団なんかない。

「なあ、あんた、どうやって寝るんだ？」

「俺か？　んー、適当に、ごろ寝」

「床に寝んのか？」

「ああ。別に寒くもねえし。大丈夫だろ」

たいしたことではないというようにテツローが言うから、それでいいならいいかと納得した。でも、なんか変な気もする。鎖に繋がれて、監禁されている立場の俺がベッドで寝て、相手は床にごろ寝だという。

「それとも、なに？　一緒に寝てほしい？」

また面白そうな声を出されて、はあ？　となる。こいつはいったいなんなんだ？　人ん家に押し入って、監禁しといて、打ち解けてんじゃねえよ。

「お前頭おかしくないか？　なんで俺がお前と一緒に寝たいんだよ。冗談も大概にしろ。だいたい自分で何やってんのか分かって言ってんの？　少しは状況を考えて、緊張しろよ。気ぃ許してふざけてんじゃねえよ」

「俺は今の言葉をそっくりお前に返したいね。人の寝床の心配してる場合かっつの。お前こそ緊張しろよ」

テツローが馬鹿にしたように肩を竦《すく》める仕草をしたからますます頭にきた。

「しねえよっ」

「だからそれがおかしいっつの。なんで怖くないんだよ」

だって怖くないのだから仕方がない。「殺す気か？」と訊いたら「殺さない」と言った。その心配がないのに、怖がる必要がないじゃないか。

こんな軽そうな男に脅されても何が怖いものかと思う。俺が怖いと思うのは、貴史に忘れられてしまうことだけだ。それ以外は、何をされても、たとえ指を切り落とされようと、なんとも思わない。

自分では強面だと勘違いしているお人好しな表情が滑稽《こっけい》で、けっ、と笑ってみせた。

テツローの目が、す、と細くなる。

「……あんまりおちょくった態度とってると、俺も本気で怖い思いさせたくなるよなぁ」

脅しているつもりらしい。

怖いなんていう感情は持ち合わせていない。子供の頃は闇雲になんでも怖がっていた時期があったが、今はもう大人だ。「恐怖」なんてものは、その時にすべて使い果たした。

感情には容量があるのだと、俺は思っている。

「恐怖」だとか「喜び」とか「哀しみ」とか「怒り」とか。さまざまな感情はある一定の量を超えたら、なくなるものだと思っている。使ったらそれでお終い。目減りして、増えていくことは決してない。多少の感情の揺れが生じても、それは残りカスのようなものだ。激震のような感情の揺れは、とうの昔に経験した。それ以上の感覚はおそらくはもう訪れないだろうと確信している。

現に、それ以来、俺の感情はそよとも揺るがない。

揺れない心のまま、テツローを見返していると、テツローのほうから目を逸《そ》らされた。

「まあ、いいよ。俺はまだちょっとやることがあるから、お前、もう寝ろ」

そう言って背中を向け、またキーボードを叩《たた》き始めた。

言われるまま横になる。繋がれているし、他にすることはない。勝手に仕事を続けるテツローを待つ義理もない。

「鎖つけたままで寝れそうか？」

「ああ」

「ほんと、大物だな」

「ありがとう」

「でも、ちゃんと怒るのな。まるで感情がないわけじゃないんだ」

背中を向けたままのテツローの言葉にまた首を傾げる。

俺が怒った？　そんな覚えはなかった。そりゃ、ちょっとはムッとしたけど。

訊き返してまた口論になるのも面倒だから、何も言わずに背中でテツローの立てる音を聞いていた。カタカタと単調なリズムを聞いているうちに、だんだん瞼《まぶた》が重くなってくる。

そういえば、人が側《そば》にいるところで寝たことなんかなかったなと、ぼんやり考えながらその音を聞いていた。部屋も普段よりなんとなく温度が高いような気がする。

人の気配って、案外ちゃんと感じるもんなんだなと、どうでもいいことを考えながら、目を閉じた。

ああ、そういえば、お灸を据えるって言ってたっけ。今日はそれはなしなのかな。明後日は用事があったのに、それも駄目になった。少し残念だ。けど、行けないなら仕方がない。諦めるとするか。ご飯、どうするんだろう。寿司とかとるって言ってたっけ。弁当と牛丼以外のものを口にするのは、いつぐらいぶりだろうか。

取り留めもなく考えながら、眠る前にこんなふうに色々考えるのも久しぶりだな、なんてまた考えて、俺はいつの間にか眠りに落ちていた。

目覚めたら、テツローは昨日と同じ姿勢でパソコンに向かっていた。

寝なかったんだろうか。相変わらずカタカタというキーボードの音を聞きながら、しばらくその背中を眺めていた。

部屋の中は明るい。カーテンは閉まっていたが、布を通して光が射し込んでいるのが分かる。天気はいいようだ。

ああ、洗濯したかったな、と、天井を見上げた。眠る時には点いていた明かりは消されていた。それでも薄く射し込む光線で、充分に明るい。なんとなく、昨日よりも今日のほうが明るく感じる。夏が近づいているからかな、なんてぼんやりと考えていた。

「起きたのか？」

音を立てたつもりはなかったが、テツローが振り向いた。昨日と変わらない、人のよさそうな顔でこちらを見ている。

「テツロー、寝てないのか？」

「寝たよ、少し。でもほら、やっぱさ、枕《まくら》が変わると、っつうか、こんな状況だしな」

今自分が敷いている、座布団代わりのクッションをポンポンと叩いて笑っている。クローゼットから引っ張り出してきたらしいタオルケットが、床でとぐろを巻いていた。

昨日着ていた宅配便の制服は脱いでいて、Tシャツになっている。薄水色のTシャツの下に、暈《ぼ》かしたような絵が透けて見えた。なんの柄なのかは分からない。

「お前はよく寝れたようだな。マジすげえよ」

「だって、俺、枕変わってねえもん」

「そうだけどさぁ。俺が何回目ぇ覚ましても、グーピー寝てんだもんよ。ホント大物だわ、お前」

そう言いながらテツローは両手を挙げて伸びをした。

「腹減ったな。お前腹減らね？」

「さあ？」

「さあ、って。俺は減った」

そういえば昨夜《ゆうべ》俺は弁当を食べたけど、テツローは食べていなかったと思い出した。

「何かとるのか？　朝っぱらから寿司とか食うのか？」

「んー、まだ十時前だしなあ。どこもやってねえだろ」

テツローが伸びをしながら身体を揺らしている。

「どうせなら、色々買い物とかしたいんだけどさ。ここマジでなんもねえし。お前、その間、おとなしく待ってられるか？」

「隙があったら逃げるな」

「だろうなあ。で、一緒に連れてくってのもな」

「隙を衝いて逃げるだろうな」

「だよな。手錠嵌めて二人でお買い物ってのも楽しそうだけど。首輪つけて歩いてみるか？　なーんて、半分冗談だけど」

半分は本気ということか。

「うそうそ」と、笑いながら立ち上がったテツローは俺をバスルームに連れていった。

「ちょっとだけ、我慢な」と、片手だけに嵌められた手錠を、タオルハンガーに繋げる。

金属性のハンガーは、ガッチリと壁に取りつけられていて、なるほどこれなら逃げられないだろう。

「三十分ぐらいだし。ここなら用も足せるしな。喉渇いたら、ほら、水道もあるし」

昨夜俺が気分を害したのを気にしているのか、少し遠慮がちに言うのが可笑しかった。

近所のコンビニよりも少し先にあるスーパーの開店を待って出かけていったテツローは、大量の荷物を抱えて帰ってきた。

「あんた、ここに引っ越してくる気か？」

食材の買い出しに行ったものだと思っていたのに、テツローは袋から鍋やら包丁やらまな板まで出してきた。

「だってここ、ほんとなんもねえんだもん。俺、コーヒーとか飲みたいし。飯だって温かいの食いたいしな」

さすがに炊飯器までは買い込んではいなかったが、レンジで飯が炊けるという容器を見つけたと、自慢げに笑っていた。これがあれば煮物も簡単にできるのだそうだ。誰が作るんだろう。

楽しげに食材や飲み物を小さな冷蔵庫に詰めている。ビールもあった。

「風呂は沸かせるわけだから、ガスは出るんだろ？　カレー作ろうぜ。簡単だし、一回作っとけば手間ねえしな」

ガスの元栓を捻《ひね》って、火が点くことを確認している。

「作るのは構わないけど、俺、手伝わないぞ」

「なんでよ」

「料理なんかしたことない。面倒だし。火事とか、嫌だし。わざわざ作んなくたって、レンジ使えばいいだろ。俺、弁当でいい」

俺の話を聞きながら、テツローが首を傾げている。その間も後ろでコンロの火が点きっぱなしなのが気になって、嫌だった。

「ほら、火、止めろよ」

「なんだよ。物ぐさだな」

ぶつぶつ言いながら、それでもテツローは素直に火を消してくれた。

「しょうがねえなあ。まあいっか。よっし、じゃあ俺が特製カレー作ってやるよ。特別だぞ。すげえ旨いから。お前感激したりしてな」

「感激しないし。別にいいって」

「まあそう言うなって。おとなしくテレビでも観て待ってろよ」

「テレビないし」

ニッと笑ってテツローは「あるんだよなあ、これが」と、パソコンの電源を入れた。

画面に人が映った。ニュースらしい。キャスターが原稿を読んでいる声が聞こえてくる。マウスを動かして、画面を切り替える。途端に笑い声と、色鮮やかな服を着た人がマイクを持って話す声が部屋に広がった。

どうやら俺が寝ている隙に、部屋に設置されているアンテナに接続したらしい。まったく余計なことをする奴だ。

「な？　全部初期設定から作り直した。ま、いわばこれは俺のパソコンだな」

仕方がないから、言われるままにパソコンを観ていることにした。お笑いタレントが画面の中でおちゃらけている。膝を抱えながら、馬鹿笑いをする観客を眺めていた。

テツローが部屋の端で動いている。大きな身体を屈《かが》めるようにして野菜を切っている後ろ姿を見て、随分と背が高かったことに、改めて気づいた。調理台がテツローの背丈にしては低いのだろう。だけどそんなことは気にしていないのか、慣れた手つきで、切った野菜を鍋に放り込んでいた。

やがて部屋中にカレーらしき匂《にお》いが充満してきた。窓ガラスが料理の湯気で曇っている。自分の部屋で、こんな匂いを嗅《か》いだのは初めてだ。不思議な気分だった。

食器棚から出した皿に盛られたカレーが小さなテーブルに運ばれてくる。

一人暮らしをする時に持たされた、幾種類かの食器たち。何回か使ったことはある。随分前の話だ。自炊なんか端《はな》からする気はなかったが、それでも最初のうちは温めた総菜を皿に盛っていた。そのうち洗うのも面倒になり、買ってきた容器のまま食べて捨てるだけになった。そして今は、毎日同じ弁当だけを、温めもせずに食べていた。

いただきます、と手を合わせるテツローと一緒にスプーンを持った。

やはり不思議な光景だと思った。

俺のストーカー行為を阻止するために依頼され、自分を監禁している男に食事を作ってもらっている。

考えてみたら、こうして人と向かい合って食事をするなんて、どれくらいぶりだったんだろう。貴史とも何度か食事に行った。だけど、何を食べたのか覚えていないし、どんな味だったのかも覚えがなかった。

少しずつ口に運んで咀嚼する。口に入れて、嚙《か》む。嚙んで解けていく食べ物を飲み込む。それを繰り返した。

「ちょっと辛かったか？　俺、辛いの好きだから」

何も言わない俺の顔を、テツローが覗き込んでくる。

「いや。うん。ちょっと辛いかな。でも大丈夫。熱いから、かな」

口の中の感覚を懸命に探って味わってみる。熱いと思うのは、もしかしたら辛いからなのかもしれなかった。よく分からない。

味覚はとうの昔に失ってしまった。

色々な感情を使い果たしていくのと一緒に、味も俺の中から消えていった。

「ルーはな、二種類以上混ぜるのが基本なんだ。そうすっと味に深みが出るんだとよ」

味が分からないから、毎日同じものを食べても苦にならない。楽しみもない代わりに、口に合わないからと、落胆することもない。それが楽だった。

「野菜も大きく切るのが好きなんだ。ゴロゴロしてんのを頬張《ほおば》るのがいいよな」

見ていて気持ちがいいぐらいの勢いでテツローがカレーを頬張っていく。

一緒になってスプーンを口に運び、懸命に味を探っているのに、それが分からない。口の中はヒリヒリする感覚だけしか拾ってくれない。

「……やっぱ、あれか。肉焼くとか、そういうのにしといたほうがよかったかな」

静かな声が聞こえ、え、と顔を上げた。テツローはこちらを見ずに、自分の食事を続けている。

「ほら、こういうのって、自分の母ちゃんの作ったのが一番口に合うだろ？　慣れた味ってのがさ。肉焼いて、市販のタレとかつけたののほうが間違いなかったかなって。いや別にいいんだけどさ」

淡々とカレーを口に運ぶ俺の作業に、テツローは何かを思ったようだ。

こっちを見ないままスプーンを動かしている姿を見たら、腹の奥が、ギク、と痛んだような気がした。これはどういう感覚だっただろうか。たぶん、前に体験した感情の残りカスだ。だけど、思い出せない。

「そうじゃなくて」

スプーンに乗ったジャガイモを見つめながら、これはジャガイモ、ジャガイモだと言い聞かせ、その味を思い出そうとした。

「別に、俺の作ったのが食えねえのか！　なんて卓袱台《ちゃぶだい》ひっくり返したりしないから。そんな難しい顔して食うなよ、な？　でも、ま、大量に作っちまったし、食えないほどひでえ味ってこともないだろ？　二日ぐらいなんだしさ、我慢してくれよ」

「そうじゃなくて。でも、あの……ごめん」

どう頑張ってみても、思い出せそうにないと諦めた。仕方がない。

ただ、せっかく作ってくれたのにと思うと、少し申し訳ないという気持ちに陥った。悪いのは味の分からない俺のほうだ。

「え？」

　先に食べ終えて、流しに向かうテツローの背中に言い訳をした。

「味が……分からないんだ」

「いいって」

「だから、辛いとか、口に合わないとか、そういうことじゃない」

「分かんないって。味がか？　カレー、味がしないのか？」

「うん。だから、テツローの作った味がどうのじゃないんだ。たぶん、旨いんだと思うよ。匂いはなんとなく分かるし。辛いのも、少し分かる」

　言ってしまったら、少し気が楽になって、いつもと同じように口に運んで目の前の食事を片づけるための作業に戻った。味は分からなくても、腹は満たされる。それに今日のは温かいから、食べたそばから身体が温まっていく感覚も分かった。

「味が分かんないから、毎日おんなじもの食ってんのか？」

「うん。そう。何食べても変わらないから。でも、栄養は摂《と》らないと。幕の内弁当はバランスいいだろ。魚も野菜も入ってるし」

「分かんないって。それ、大変じゃねえか」

「そうでもない」

「大変だって。だってこれ、辛いぞ？　それも分かんねえ？」

「ちょっと分かる。ヒリヒリするから」

「甘いもんも？」

「ああ」

「しょっぱいのも？」

「そうだな」

え～、それどうなのよ、と、テツローが騒ぎ出した。信じらんねえ、信じらんねえと、昨夜俺が洗面所の水を飲んだ時のように騒いでいる。

昨日はその反応にムッとしたが、今は、なんか、ちょっと、腹のギクギクが痛くなってきて、言い返す気が起きなかった。

言わなきゃよかった。

大変だって言われても、そんなこと、俺はなんとも思っていなかった。心配されたかったわけじゃない。同情だってまっぴらだ。

ただ、せっかくのたぶん美味《おい》しいだろうカレーが、俺のほうが味が分からないだけなのに、「別のにすればよかった」なんて申し訳なさそうに言われたから、そうじゃないんだって教えただけだ。

目の前のカレーを黙々と片づけて「ご馳走《ちそう》様」とスプーンを置いた。ベッドに繋がれているから、流しに皿を持っていくことはできない。だから、そのままテツローのいるほうへ皿を押しやった。

「ごめん。ごめんな。ちょっと騒ぎすぎた」

そんな俺に、今度はテツローが謝ってくる。意味が分からない。

「別に、気にしてない」

「ごめんって。そんな泣きそうな顔すんなよ、な」

「は？」

あまりに心外なことを言われて、思わずテツローを見返した。

泣きそうって、誰のことだよ。俺が泣くわけがないじゃないか。何を言っているんだ、こいつは。

「悪かったって。な？　コーヒー飲む？」

「飲まない、どうせ味分かんないからっ！」

「そう言うなって。いろんなもん口に入れてっと、そのうち分かるかもしんねえだろ」

「ならないから。水でいい。水にしろ。水汲《く》んでこいよっ！」

はいはいと笑いながら、テツローが台所でお湯を沸かし始めた。どうしても俺にコーヒーを飲ませたいらしい。どうせ一緒なのにと悪態をついて、ベッドにずり上がり、そのまま横になった。なんだか面白くない。

「ほれ、入ったぞ」

「いらない」

「まあ、飲めって。お前のはカフェオレだ。牛乳たっぷりな。イライラにはカルシウムだ」

テーブルにカップを二つ置いて、テツローはベッドを背もたれにして座っている。自分で入れたコーヒーを啜《すす》りながら、パソコンに映ったテレビを黙って眺めていた。俺はそれを横になったままやっぱり黙って見ていた。

何もすることがないし、かといって別に退屈でもない。繋がれていることを除けば、いつもと変わりのない休日のはずだ。

しばらくじっとしていたが、テツローが何も言わないから、ベッドから下りていって隣に座り、俺のために注がれた、薄茶色の液体を口に含んだ。ぬるくなったカフェオレは、やっぱりなんの味もしなかった。

「お前さあ、いつからそうなの？」

「何が？」

「だから、そういうの。味分かんないとか」

「さあ」

「ずっと前から？」

「そうだな。子供ん頃は、なんか分かってた記憶がある」

「そんな前？」

「そう」

「先生と会う前からそうだったのか？」

「そうだよ」

「ふうん。じゃ、別に男に捨てられたからっていうのが原因でもないわけだ」

「違うよ」

「ふうん」

しばらく沈黙が続く。

テツローがコーヒーを啜る。つられるようにして、俺もカフェオレを飲んだ。

そういえば、コーヒーって飲んだことがなかったかも。牛乳は知っている。だから今分からなくても、味の記憶はあった。コーヒーって、どんな味なんだろうと考えていたら、またテツローが話し出した。

「あのさあ、明日、無事先生の仕事が済んで、俺がここから出ていくだろ？　そんで、お前は晴れて自由の身になったとして」

「うん。早くこれ外してもらいたい」

「そうしたら、やっぱ、お前、先生のストーカー続けんの？」

「そうだな」

「なんで?」

「なんでって……好きだから?」

「ふざけんなよ」

「ふざけてないよ」

「……、まあ、いいよ。そしたらさ、えーと、たとえばさあ、やめてくれって言われてんだろ? 電話とか、待ち伏せとか」

「うん」

「で、やめらんなくて、俺みたいなのが派遣されてきただろ?」

「そうだな」

「で、お前はこれから酷《ひど》い目に遭うわけだ」

「精神的なお灸だっけ」

「そう。で、そんな目に遭っても、お前は絶対にやめないわけだ、ストーカーを」

「そうだな」

「じゃあ、雇われた俺って、なんの意味も成さないじゃん」

「だな」

ふう、とため息をついて、テツローががっくりと項垂《うなだ》れた。

「でもさ、貴史が創立記念の式典に安心して出席できるわけだから、そのへんはちゃんと仕事したってことになるんじゃないか？」

　俺の慰めに、テツローが横目で睨《にら》んでくる。

「けど、それじゃ仕事半分だろ？　困るよな」

「知らないよ。お前の都合だろう。俺は関係ない」

「お前、ほんと筋金入りだな」

「どうも」

　気の毒だとは思うが、どうしようもない。テツローはテツローできっちりと仕事をこなし、俺は俺のやりたいようにするだけだ。

「なあ、本気で諦めたら？　だってさ、やり直せるわけないだろ、こんなことして。お前だって分かってんだろ、本当はさあ」

「分からない」

「こんな生活してるから固執するんだって。単調な生活繰り返してっから。なんか別の楽しいこと見つけるとか。ちゃんと周り見れば、他にもいい男いるだろうがよ」

「いない」

「いるって。いっぱい。どこがそんなにいいんだか。俺、サッパリ分かんねえよ」

「貴史がいいんだ」

「だからあ、男はあいつだけじゃねえだろ？」

「貴史じゃなきゃ駄目だ。他は意味がない」

テツローが黙る。また沈黙が続いた。

そうやって、ポツポツ説得されては、俺がそれを拒否して、また黙る。そんなことを繰り返しながら、午後の時間が過ぎていった。

「じゃあ訊くけどさ。どこがいいわけ？　あの先生の、いったい何がそんなに好きなわけよ？」

「そうだなあ」

「全部とか言うなよ。寒いから」

「頭がよくて」

「あー、まぁ、先生だもんな」

「慎重で、臆病《おくびょう》で、狡《ずる》くて、すぐ逃げるところ」

「なんだそれ」

「逃げると追いかけたくなる」

「ハンターか、お前は」

「付き合ってる時だって、ビクビクしながら周り気にしてさ、挙句に逃げようとするから、なんとしても捕まえたくなるじゃん」

「嫌われてもか？」

「そうだな」

「可愛さ余ってってやつか」

「ちょっと違うな」

「でも、いいところが狭くて臆病ってのもなあ。男として最低じゃね？」

「やさしいところもあるよ、ちゃんと」

「へえ。つか、そこ一番に言うべきだろ」

やさしいところもちゃんとあった。俺が貴史の予備校にいた時、あいつはとてもやさしくしてくれた。本当に親身になって俺の将来を一緒に考えてくれた。

「俺の出た高校、貴史から聞いていたか？」

「ああ。先生のいたところだろ？　明日、百周年やる」

「そう。俺が入学した時は、もう貴史はあの学校にはいなかったけど」

だから、高校の卒業生として、俺にも記念式典の案内と、寄付を募る封書が届いていた。

目指していた大学に落ち、浪人することになって、選んだ予備校に貴史がいた。俺が貴史のかつて教えていた高校の生徒だと知ると、貴史は懐かしそうに笑って、それからとても親身になってくれた。

運命だと思った。

時期は違っていたが、同じ場所で過ごした二人が、長い時を経て出逢ったのだ。

家を出て上京し、一人で生活をしていくしかなかった俺は、幾多ある予備校の中から貴史のいるところを選んだ。そして貴史は、俺が来るのをずっと待っていてくれたのだと思えた。

「それ、運命じゃないって」

俺の運命論に、テツローが茶々をいれる。

「だって先生のいた高校だったんだろ？　じゃあ、生徒を紹介してくれって営業してたんだって」

「夢のないこと言うなよ」

「むしろ悪夢だな、先生にとっちゃ。先生もまたえらいのに運命感じられちゃったわけだ」

「酷いな」

「それで、運命だ、運命だっつって、押し切られちゃうんだから、先生もゆるいな。で、最後には恐れをなして逃げられて、俺みたいなのを派遣されて、お前も大変だな。つか、想像つかねえよ、お前とあの先生がいちゃついてんのがさ。一応楽しかった時期もあったわけだよなあ」

「…………」

「黙るなよ。ねえのかよ」

「あるよ」

「言ってみろよ。どんな楽しい思い出があったんだ？」

「大学受かった時、よかったな、って涙ぐんでた」

「そりゃ予備校の職員だから喜んだんだろ。お前の大学、難関校だし」

「大学で、ちょっと、上手くいかないこととかあって。友人関係とか」

「うん。お前、トラブル作りそうだもんな」

「それで、相談しに予備校によく行ってて。そしたらいつでも会ってくれた」

「ええと。それは、そこが職場だから、いつ行っても先生はいただろうな」

「飯、奢《おご》ってくれた。ここの味評判だからって、色々連れてってくれた」

「味がしないんなら、あんま楽しくなかっただろう」

「…………………」

　確かに楽しくなかったかも、と思い出してしまった。

　膝を抱えたまま考え込む俺を見て、テツローが何を慌てたのか、フォローするように言い繕う。

「……あー、でも、あれだ。連れてってもらうのが嬉しかったんだよな。そうだよな、そういうもんだよな」

「そうなのか？」

「お前……俺の気遣い台無しじゃん」

「悪い」

「いいけどよ。でも、ますます分かんねえよ。何がよくて付き合ったんだか」

「セックスは……よかったんじゃないかと思う」

「ああー、まあなあ。そこ大事だもんな」

「そうだな」

「ふうん。ノンケっぽかったけどな、あの先生。ま、よかったじゃないか。そこが駄目だったら、お前が運命感じても、受け入れてもらえないもんな」

「うん。喜んでた」

「そりゃよかった」

「『男は妊娠の心配なくていいな』って」

「それは……」

「女は避妊が面倒だって。どんなに気をつけても、できたって言われたら言い逃れできないって。自分の子かどうかも分からないのに責任持つのは冗談じゃないって」

「俺はそういうの、最低だと思うんだが」

「俺もそう思う」

話しているうちに、外が暗くなってきた。日の入りが早くて少し驚いた。何をしていたわけでもないのに、もう夜に近づいている。

パソコンのテレビを並んで観ながら話をする。途中、トイレに二回行った。いちいちベッドに繋ぐのが面倒になったらしく、二回目の鎖を解いて、トイレから帰ってくると、テツローは鎖の端を持ったまま、もうベッドには括らなかった。手錠も昼にカレーを食べる時に外したままだった。

それから「ビールでも飲むか」と冷蔵庫からビールを持ってきて、そのあとは鎖も床に置いたままだ。

足枷と首輪はついていても、どこにも繋がれていないから、本当に隙を衝いたら逃げられそうだと思ったが、俺はそうしなかった。

逃げることができれば、明日の式に出られる。でも、それは昨日の時点で諦めてしまった。それでもなんでもという気持ちも起こらない。俺が逃げたらテツローはきっと困るだろうなと考えて、そんなことを気にして俺は逃げないんだろうかと自問自答してみる。分からなかった。だけど、逃げる気は、やはり湧いてこなかった。


ビールを二本飲んで、二回目のカレーを食べた。一息ついて、またトイレに行きたくなったからそう言うと、テツローはついでに風呂に入ってこいと言った。

そういえば、俺は昨日帰ってきた時の服のままだった。さすがに三日間同じ服はちょっと嫌だなと気がついて、ありがたいと思った。

鎖を引きずってクローゼットから着替えを出す。風呂の間も鎖をつけたままかと訊くと、テツローはちょっと考えてから、足枷を外してくれた。首輪はついたままだった。

「ま、逃げるとは思わないけど、一応な」

首輪から長く伸ばした鎖を、朝と同じように、タオルハンガーに繋いだ。

フタをしたトイレの上に着替えを置き、着ていた物を脱ぐ。アンダーシャツを首から抜いたら、繋いだ鎖に引っかかって取れなかったから、洗濯物のようにぶら下げたままにして浴槽に足を入れた。

いつもと同じように、シャワーだけを浴びる。簡単に髪を洗い、身体も泡を擦《こす》りつけて適当に流し、シャワーを止めた。

身体を拭いて、着替える段になって困ってしまった。下半身はつけることができたが、Tシャツを着ようとして頭から被ったら、首の鎖が邪魔をして袖を通すことができなかった。おまけにさっき脱いだシャツも鎖に下げたままだ。

「上がったか？」とドアを開けたテツローが、俺の姿を見てゲラゲラと笑った。被っただけのTシャツが、てるてる坊主みたいだと言って笑っている。

鎖を外してもらって干してあったシャツを抜き、袖を通している間も、テツローはヒクヒクと身体を揺らしていた。本当によく笑う男だ。

部屋に戻り、また足枷をつけられる。今度はベッドには繋げず、代わりに首輪についていたほうの鎖を繋げられた。手錠も嵌められ、寝かされて、バンザイをした格好のまま、ベッドに繋がれた。

さっきまでわりと自由にさせてくれたのにと思いながら、ベッドに仰向けになった俺を残して、テツローが何も言わずにバスルームに消えていった。それを見て、ああ、そういうことかと納得した。

どうやらお灸を据える時間がきたらしい。

夕方まで何をするでもなく一緒に過ごしていて、なんとなく、そのまま明日になるのではと思っていたのは、甘い考えだったようだ。

まあ、そんなもんだろう。命を取られるわけでもないのだからと、天井を見上げながら、水音を聞いていた。

明かりは点けたままだろうか。どうせ記録を録《と》るなら点けっぱなしだろう。

俺もそのほうが、都合がいい。

やがて水音がやみ、パタン、とドアの閉まる音がし、気配が近づいてきた。
ギ、とベッドの軋《きし》む音と一緒に、マットが沈む。目を向けると、テツローが腰かけていた。こちらに背中を向けて髪を拭いている。腰にバスタオルを巻き、上半身は何も着ていなかった。

その背中をじっと眺める。昼間、Tシャツの下に見えていた模様が、そこにあった。

テツローの背中に鳥がいた。

背中を抱くようにして羽根を広げた極彩色の鳥が、テツローの動きに合わせて羽ばたくように動いている。孔雀《くじゃく》に似た長い尾をたなびかせ、テツローの右肩のほうを向いて、何か叫んでいるような表情をしていた。太く力強い足と、射るように右上空を見上げる目が、猛禽《もうきん》を思わせる。

単純に、とても綺麗だと思った。

綺麗で、力強く、そして今にも飛び立ってしまいそうな自由さが、羨《うらや》ましいと思った。

「鳳凰《ほうおう》？」

「お？　分かる？」

「一万円札の鳥だ」

「なんかそれ、現実っぽくてやだな」

「でも、あれよりずっと綺麗だ」

「だろ？」

「あんた、やっぱりやくざだったの？」

「ちげーよ」

「憧《あこが》れてなれなかったやくざ崩れか？　形から入りたかったタイプとか」

「違うって。ツレが彫り師やっててよ。彫ってもらったんだ。いわば、ファッションだな」

「ふうん。初めて本物見た」

「ビビッた？」

「ビビるかよ。綺麗だと思う。鳳凰っていうのがいいな。飛べそうだ」

「ほんと、変な奴」

テツローは大きくため息をつくと、こちらを振り返った。調子狂うんだよ、という顔は、呆れたような、困ったような表情だ。

「仕事しづれーよ」

「やんのか？」

「あー、やだなあ、もう。こういうの」

あんまりつらそうに嘆くから、テツローが気の毒に思えてきた。

「いっそのこと、指の一本でも切り落とそうか？　こういう時って普通小指だよな。それぐらいなら……」

「お、まえ、そっちのほうができねーよ！」

「なんなら俺、自分でやるよ？　さすがにちょっとビビるかもだけど。手、押さえてくれたらさ、なんとかできると思う。包丁買っておいてよかったな」

「やだよっ」

「……じゃあいいよ。一人で頑張るよ。しょうがねえなあ」

「違うだろ？　手ぇ押さえるとか、一人で頑張るとかの話じゃねえんだよ。なんで指詰めることが決定事項になってるんだよ」

「だってテツロー、気が進まなそうだから。でも、俺にお灸据える仕事はしなきゃなんないんだろ？　指詰めて、それ持って帰れば早いかなって。指という形も残るし」

「それはすでにお灸とかのレベルじゃねえから。第一そんなもん持って『これ取ってきました ぁ』なんて先生に渡せるか？　そっちのほうが脅迫に近いよ」

「じゃあ、どうするんだよ」

「だからあ、お前がもう二度と先生に近づきませんって誓ってさ、念書でも書いて、それでストーカーやめてくれればいいんだよ。証拠は全部巻き上げましたって、それでお前がおとなしくなりゃ、先生だって安心するんだよ」

「またその話か」

「な？　そうしよ？　ちょっとグルグル巻きにされてさ、正座して泣いてる写真の一つも撮ってさ。それ見たら先生も納得するって。あ、そうだ。鼻血ぐらいは演出で描いてみる？」

どうあっても事を穏便に済ませたいらしい。別にそれでテツローの気が済んで、仕事が終わりになるならそれでもいい。そのあと俺がどうしようが、それはまた別の話だ。

「分かった。鼻血でもなんでも描いてくれ。念書も書くよ。それでいいだろ」

「軽々しく約束すんなよ。お前全然守る気ねえじゃねえか！」

「じゃあどうしろって言うんだよっ！」

「諦めろっつってんだよ！　どうしたってもうあの先生はお前のところには戻ってこないんだよ。怪しげな業者に依頼して、酷い目に遭わしてくれって言われるぐらい、お前憎まれてんだよ。監禁されて、部屋中探られて、ベッドに縛りつけられて。それでもやめないって、馬鹿じゃねえの？　この次はもっと悪辣《あくらつ》な目に遭うぞ。お前言ってたじゃねえか。あいつは臆病で狡猾だって。ほんと、洒落《しゃれ》になんないことになるぞ」

「別にいいよ」

「なんでそう投げやりなんだよ。どうせなら、その投げやり加減で先生諦めたらいいじゃねえか」

「それはできない」

「できるって。な？　そのほうがお前も楽になるって。あんな薄情な男なんか忘れてさ」

「楽になんかなりたくないし、忘れることなんかできない」

「いい加減にしろよ。先生は忘れたいって言ってんだよ！　お前とのことを！　全部！

お前の存在自体忘れちまいたいって言ってんだよっ！」

「そんなことはさせない。忘れるなんて許さない。あいつに覚えててもらいたいんだよ。忘れてほしくないんだよ。だからつきまとってんだよ。後悔されようが、憎まれようが、あいつが俺と付き合ったのは事実なんだよ。なかったことになんかさせない。絶対に忘れることなんてできないようにしてやるんだ」

テツローが呑《の》まれたように、俺がしゃべるのを見ている。ベッドに縛りつけられたまま、壊れたようにしゃべり続ける俺の顔をじっと見ていた。

「俺を忘れて、全部忘れて、なんにもなかったみたいに綺麗な顔して幸せになるなんて許さない。女は避妊が面倒臭え、だから男がいいなんて言った口拭《ぬぐ》って、そろそろ家庭持ちたい、子供欲しいからなんていう理由で捨てられてたまるかっ！　ふざけんな。一生つきまとってやる。俺のことも、簡単に捨ててきた他の奴らの分も、まとめて俺が忘れさせないようにしてやる」

「お前……」

鳩尾《みぞおち》が痛い。ジクジクする。

俺を見下ろすテツローの視線が痛かった。

顔を顰めて、まるで自分のほうが痛いような、まるで――可哀想《かわいそう》な者でも見るような目つきが痛かった。

そんな目で見るな。

俺は可哀想じゃない。

お前なんかに哀れまれてたまるものか。

「……なんだよその顔は。ふざけんなよ。中途半端に脅しかけられたって全然怖くなんかないんだよ。自分の仕事も全うできない逃げ腰野郎が。自分がビビリだからって、俺に頼むな。何がお洒落なタトゥーだ。格好ばっかりで、てんで見かけ倒しじゃねえか。もうさっさと帰れよ。帰って仕事失敗しましたすみませんでした、プロにお願いしますって交代してもらえよ。力不足なんだっ……ぐぇっ」

強い力で顎を摑《つか》まれ、言葉を遮られた。頬にあてられた親指が、ミシミシと音を立てて食い込んでくる。

「……随分よく回る口だな。もうその辺にしとけよ。分かったよ。仕事すりゃいいんだろ？」

人差し指が目尻に当たっている。目のすれすれの位置で、指が爪《つめ》を立ててきた。

「忠告ありがとうな。そうだよな。仕事はやっぱきっちりしとかないと、金もらってんだもんな」

薄く笑う口元が、酷薄な表情を浮かべている。さっきまでの人のよさそうな顔が、別人のように歪《ゆが》んでいた。

ベッドの上に乗り上がったテツローに、いきなり下着ごとスウェットを剝《は》ぎ取られた。膝を持ち上げられ、大きく割り開かれる。その状態のまま、足枷についた鎖をベッドの脚に括りつけ、固定された。

立ち上がったテツローが、見下ろしている。

「いい格好だな。少しは恥ずかしいか？」

何も答えずに、その顔を睨み返した。

「ほんと、いい根性してんな」

そう言いながら、テツローはこちらに背を向けた。部屋の隅に置いてあった、昨日運んできた段ボール箱をガサガサといわせている。写真でも撮られるのだろうかと、その行動をじっと見つめていた。

箱から取り出したものを、テツローがこちらに見せつけるように一つ一つベッドに並べていく。ローション、コンドーム、それから、さまざまな形のバイブレーターだった。カメラは出してこない。

「用意してきてよかったぜ。ほんと、お前んち、何もねえんだもんな。昨日家捜しした時もよ、こういう楽しいグッズ、一個も置いてねえのな。盗聴器とか、レコーダーとか、マニアックすぎ。ゴムぐらい置いとけよ。ま、あの先生、生出し専門みたいだし？　いらねえか」

く、と笑って、バイブの一つにコンドームを装着していく。

「やさしくしてやっからな。お前だって気持ちいい思いしたいだろ？　そのほうがいい絵が撮れそうだ」

そう言って笑いながら、テツローが俺の足下へ上がってきた。大きく広げられた足の間にテツローが陣取っている。

「ビデオとか、用意しなくていいのか？　記録、いるんだろう」

単純に疑問を口にしてみた。このまま突っ込まれて終わりでは、やられ損じゃないかと思ったのも事実だ。

俺の疑問をテツローはまた笑って一蹴《いっしゅう》した。

「記録？　録ってんだろ、お前が」

その言葉に大きく目を見開いた。テツローはなおも面白そうに俺を見て笑っている。

「天井。巧いこと隠してんな」

笑った顔のまま、テツローが天井を指さした。

「そのスプリンクラーんとこ。仕込んでんだろ。電気工事は得意だもんな」

見破られていた。これには驚いた。盗聴器はセンサーで割り出すにしても、天井の仕掛けには絶対に気づかないと思っていたのだ。

「……よく分かったな」

「そっちのほうは専門だぜ？　お前、俺がここに入ってきた時、すぐに部屋の電気点けただろ。わざわざ肩使ってさ。そいでベッドに座った途端、先生の名前連呼したじゃん。しかもフルネームで」

「凄いな」

「ちょっとは感心してくれた？　ビビリでも、得意分野はあるもんよ」

盗聴器を仕込むとともに、天井にビデオも仕掛けた。スプリンクラーの本体を外し、そこにレンズが入るようにしてある。照明のスイッチを入れると、連動して録画が始まるようにした。連続三十六時間は録画できる仕組みだ。

「そこまでして先生を陥れたかったんだ。来たのが俺で残念だったな」

無様に張りつけられた足の間に、テツローがローションをボタボタと落としている。肌から滑り落ちた液体が尻を伝ってシーツを濡《ぬ》らした。

「背中に刺青《いれずみ》入れた男に悪戯《いたずら》されてる図、先生だけに見せるんじゃもったいなくね？」

可笑しそうにテツローが話している。

「どうする？　会社の人が見たら、仰天するよな。普段クールな紺君が、こんなことしちゃうんだから」

「別に」

別に構わない。会社は仕事をしに行くだけのところだ。どう思われようが関係なかった。

ない。

「親とか。実家に送ったら吃驚するんじゃね？　泣くかもな」

それだってどうということもない。恥をかかされたと激昂《げっこう》はしても、泣くなんてことはないだろう。縁を切られるか、あるいはそういうきっかけができたことを喜ぶかもしれない。

「脅しているつもりか？　俺がそんなことにビビッておとなしくなるかよ。二週間も俺のあとつけて、何調査してたんだ？　片手間に人の身辺探って、それだっていい加減なもんだよな。やることなすこと中途半端で、こんなで探偵なんて聞いて呆れるよ。お前の雇い主ってのものたかが知れてるな」

「うるせえよっ！」

太ももの付け根を強い力で掴まれた。「うっ」と呻《うめ》いて、痛さに叫び出しそうになる声を必死に堪《こら》えた。

こんなことで悲鳴を上げたりなんか死んでもしたくない。

「もう黙ってろ。口塞ぎたくねえんだよ。お前のイイ声が入らなくなるだろ？」

声なんか、絶対出すものかと思う。

「あん時の声、すげえもんな。お前」

馬鹿じゃないのか、こいつ。あんなものはわざと出しているんだ。俺が本気であんなよがり声を出すわけがないじゃないかと可笑しくなる。

録音するためだ。貴史とセックスをして、その事実をあいつに見せつけるために、それだけのために必死に声を張り上げていたのだ。

テツローに何をされようと、あんな声なんか出さない。むしろ、無理して演技しなくていいだけまだましだと思った。

不意に、濡れたものが後孔にあてがわれた。

「余裕こいてろ。今のうちだな。いい絵、録らせてくれよ。期待してるぜ」

ぐい、と異物が埋め込まれていく。

幾度となく経験した異物感。奥まで一気に貫くのかと覚悟したが、入り口の辺りでグチャグチャと浅くかき回された。

何度経験しても慣れない痛み。だけど、我慢するのにはもう慣れている。冷たく固い感触が、俺を浸食していく。でも細い分だけ痛みが少ない。それに貴史と違ってすぐに奥まで突っ込んでこないから、いつもよりましなぐらいだった。

酷い目に遭わせると言ったわりに、やはりビビッているのかと、少し安心した。これなら我慢できそうだと思った。全然たいしたこと、ない。

それでもいつ最奥まで貫かれるか分かったもんじゃないから、貴史との感覚を思い出して、深呼吸をしながら身体の力を抜く。

容赦のない責めは、いつだって身体を引き裂かれそうな苦痛を伴った。突っ込まれ、馴《な》染《じ》む前に激しく擦られて、内壁が破れてしまいそうな恐怖を覚えている身体は、防衛する術を学習していた。

そうやって覚悟をしているのに、テツローの持っているおもちゃは一向に奥に入ってこようとはしない。相変わらずゆっくりと、浅い場所をかき回している。

テツローは何をしたいのだと不思議に思った。そんなところを執拗《しつよう》に責めても、俺は全然苦しくないのに。

「あっ、うっ！　あぁ……っ！」

突然、経験したことのない衝撃が、内側から襲ってきた。少しずつ広げるように入ってきた異物が、グリっ、と抉《えぐ》るようにして内壁のある場所を突いたのだ。

「あ、な……に？　あっ、はぁ……ぅ、あ」

思わず仰《の》け反った身体を、手錠と鎖が拘束する。一瞬の衝撃に驚いて声を上げると、今度はそこだけを目がけて、何度も擦り上げられ、俺は打ち上げられた魚のように、ビクビクとのたうった。

「ああ、やっぱ、ここ感じるのな。味が分からねえぐらいだから、こっちも不感症かと思ったけど、そうじゃなかったわけだ」

足下でテツローが笑っている。何をしたんだと怒鳴りつける余裕もなく、声を出すまいと、唇を噛んでやり過ごそうとした。

「我慢すんなよ。声出していいぞ？　ああ、いい具合になってきたじゃねえか」

信じられない。股間《こかん》が熱くなってきて、ペニスが勃《た》ち上がっている。

こんなことは初めてだった。貴史としている時、俺は一度だって興奮したことはない。

ただ受け入れ、あいつが果てるのを待っていただけだった。

それが、触ったわけでもないのに、膨れ上がった股間が、テツローの手の動きに合わせ、勃ち上がり、跳ね、濡れてきている。

「……ふっ、んうっ、っ、ぐ、ぅ、……っ」

声を出さない俺を責め立てるように、なおもしつこく同じ場所を擦られて、必死に抵抗しようと首を振る。経験したことのない状況に、完全にパニックに陥っていた。

わけの分からない熱が駆け上がってくる。受け入れたら爆発してしまいそうなその勢いを殺そうと、闇雲に首を振った。腕も足も縛られた状態なのを忘れ、仰け反り、身体を捻り、逃げようと藻掻《もが》いた。強く噛んだ唇が切れた。唾液《だえき》なのか、血液なのか、滑《ぬめ》った液体が口の中に流れてきた。味なんか分からない。力を緩めず、暴れながらほとばしりそうな声を必死に噛み殺していた。

「……おい、おい！　暴れんなって。ほら、腕、抜けるぞ」

慌てたような声が聞こえたが、無視して暴れ続けた。ガチャガチャと金属音が間断なく続く。千切れても、折れても構わない。この恐怖から逃れたい一心で藻掻き続けた。

怖くてたまらなかった。怖いなんて感情を自分がまだ持っていたのかと感じる暇もない。

「やめろって。怪我《けが》するぞ。ほら、紺」

俺を責め続けていた楔《くさび》がいきなり去っていった。

「ほら。抜いたから。落ち着けって。紺」

衝撃が去って、いくらかパニックが収まった。それでも心臓はバクバクと跳ね上がり、結んだ唇は力を抜くことができず、ふうふうと鼻での呼吸を繰り返していた。

「……大丈夫か？　あーあ、これ、痕《あと》つくぞ」

いつの間にか、手錠の鎖部分を握りしめていた。手首が擦れてヒリヒリする。上げられたままの足の関節も、ギシギシと痛い。

「……っ、お前、血が出てんぞ。ほら、力抜け」

顔を覗き込んできたテツローが慌てて俺の口を開けさせようとしていた。

「……んぅ、うぅ、う、う」

恐怖が去っても、身体の力は抜くことができなかった。縛られたままの格好で、どうやって力を抜けばいいのかも、もう、分からなかった。

「ほら、口開けろって。歯、歯、食い込んでるって。痛いだろ。ほらぁ」

困惑顔で俺の頰を撫《な》でている。それを見返しながら、開けられないのだと、目で訴えた。

唇は確かに痛かった。だけど、力を緩めることができなくて、どうすればいいのかが全然分からない。

「腫《は》れるぞ、これ」

そう言って、不意にテツローが俺の唇を舐《な》めた。

「うぇ、しょっぺ」

そう言いながら、ペロペロと猫のように舌を這《は》わして、歯の食い込んだ辺りを舐め始めた。

食いしばっている歯を、舌先でなぞるようにされて、ようやく力を抜いた。固く結んでいた唇を解くと、歯についてくるように、一瞬引っ張られた唇の皮が離れた。

「ああ、ざっくり切れてる」

小さく開けられた唇の、ほんの隙間に舌を這わせ、テツローが傷口を舐めている。チクリと刺すような痛みに軽く眉を顰《ひそ》めると、チロチロと撫でられた。

黙ってされるままになっていた。両手両足を拘束されて、抗《あらが》う術もない。何が起きたのか、何をされたのかも理解できずに、ようやく開けることのできた口から空気を取り込もうと、浅い呼吸を繰り返した。

身体がまだ強張《こわば》っている。時々勝手に跳ねるのを、宥《なだ》めるようにしてテツローが俺の唇を撫でている。舌先で、傷ついた場所を舐めながら、顔を少し傾けて、口全体を覆うようにして合わせてきた。

柔らかい感触に、ふっと身体が緩むのを感じた。それに合わせ、傷を舐めていた舌が、そっと中に入ってきた。

たぶん中は血の味が充満しているだろうに、テツローはそれを舐めとるように動かしている。最後に俺の舌を含まれて、やさしく吸われた。口の中に俺の舌を引き入れて、チュウチュウと吸っている。

身体の強張りが取れ、完全に落ち着きを取り戻したと思った。もう大丈夫だからと言おうと思っているのに、テツローは唇を離さない。

「ん……んぅ、ん」

声を出したら、やっとテツローが離れてくれた。覗くように俺を見ている瞳《ひとみ》に、お前いったい何をしたんだと抗議をしようとしたら、また合わせてきた。

今度は大きく口を開けて、俺の中に入ってくる。完全に覆い被さった形で、何度も角度を変えながら、奪うように貪《むさぼ》られた。荒い呼吸を繰り返しながら、吸われ、舐《ねぶ》られ、軽く噛まれる。

愛撫《あいぶ》と呼ぶに等しい仕草に戸惑いながら、俺も応《こた》えてしまっていた。身体は拘束されて抵抗できなかったし、無理やり昂《たか》ぶらせられた身体が、まだ興奮したままだ。

「……今度は噛むなよ」

唇を合わせたままテツローが言って、俺の後ろに指が入ってきた。

「んんっ」

　ビクン、と跳ねた身体を押さえつけられ、開いた唇にまた舌が入ってくる。これでは歯を食いしばることができない。

　舐られながら、後ろを解《ほぐ》されていく。さっきパニックを起こした場所を、今度は用心深く、ゆっくりと刺激された。

　思わず手錠を摑み、仰け反る身体を宥めるように唇が追いかけてくる。俺が反応すると、そこを探っていた指が一旦離れ、今度は静かに別の場所を撫でる。

　何度も同じことを繰り返しながら、少しずつ広げられ、その感覚に慣らされていった。

　やがて身体を起こしたテツローが、足下でごそごそと動き出した。どうやらコンドームを装着しているらしい。陵辱の行為を、自らの身体でやるつもりらしかった。

　準備を終えたテツローが、また俺の上に被さってきた。

「悪ぃ、催した」

「……なんだよ。ゲイかよ」

　呆れて言い返したら、少しバツが悪そうにしてテツローが笑った。

「仕方ねえだろ？　つか、お前だって人のこと言えねえだろうが」

「まあ、そうだけど」

「……いいか？」

この状況でいいかと訊かれても。

「嫌だって言っても、やるんだろ。俺に拒否権あるのか？」

そう言うと、テツローは情けなさそうな顔をした。なんだか泣きそうな顔にも見える。そんな顔をされると、まるで俺が悪いみたいじゃないかと思ってしまうのだから不思議だ。

「だよな。じゃ、遠慮なく」

そう言ったくせに、随分と慎重に、テツローは入ってきた。ゆっくりと、静かに、俺が痛がらないように気遣っているようなのが、変だと思う。

「……んっ」

声を殺そうと閉じた唇に、また舌を這わせてくる。割り開かれ、隙間に侵入してくる舌先に邪魔されて、口を閉じることができない。

「ぁ、あ、ふ、ぁ、……ぁ、っ……っ……」

ゆっくりと繰り返される抽挿に、控えめながらも出てしまう声が抑えられない。

身体を起こしたテツローは、腰を送りながら、今度は俺の唇に指を這わせてきた。俺が口を結ぶのを阻止している。

探るように動かしては、敏感な場所を刺激し、俺の表情を観察しながらまたはぐらかされる。次第にもどかしさを覚え始め、その切なさに、さっきとは違う仕草で俺は身悶《みもだ》えした。

「……あ……んんぅ、んあ、はぁ…っ、ん」

とうとう堪えきれずに声を上げてしまう。テツローは少し笑うと、やはりゆっくり動きながら、俺のペニスを柔らかく握った。

「あっ、あっ、あぁ、あぁっ」

動くと同時にゆるく擦られて、流されるままに翻弄《ほんろう》されていた。片手で俺をいたぶって、もう片方の手は俺の唇を撫でている。指先が舌に触れ、可愛がるように撫でられると、自分の意思と関係なく、それを含み、絡めていた。

あの場所を擦りながら、唇を撫でられ、別の手で悪戯される。包んでいた掌《てのひら》を上下させながら、人差し指が先端を刺激する。

「……ぁ、テツ、ロ……あ、あ、あ、っぁ」

「……いきそ……？」

下りてきた身体が耳元で囁《ささや》いた。返事ができずに、指の代わりに合わさってきた唇に貪りつき、不自由な身体で夢中になって腰を揺らした。テツローの揺さぶりが激しくなる。

「あん、んあっ、ぁあぁ、あぁっあっ」

はぐらかされ続けた熱を放出しながら声を上げる。テツローはそれに合わせるようにして身体を揺らしていた。

「んんっ、っ、ぅっ、あっ……っん、ん」

俺の放ったものでテツローの掌が濡れている。それをなするように塗《まぶ》され、揺らされる。解放して萎《な》えるはずの昂ぶりが、中をまた刺激されて、終わることを許してもらえなかった。

「あ、あ、あ、あ、も……っぁ、やめ……」

「まだまだいける。大丈夫だ」

大丈夫じゃない。全然大丈夫じゃなかった。

身体を起こし、俺の膝裏を摑んだテツローが、早い動きで腰を震わせた。さっきと違った刺激にまた狂わされる。指はすでに唇から離れていたが、もう閉じることはできそうになかった。

ただただ責められ続け、イキ続けた。何度も精を吐き、そのたびにまたかき回されて追い上げられる。

テツローはまだ果てない。俺だけを執拗に責め続け、イカせ続ける。自分で「催した」と言ったくせに、俺だけを翻弄する。

つらいと思った。

自分の身体がではない。

俺を責めながら、まるで自分がつらい目に遭っているかのように、眉を顰め、自分の快感に浸ろうとしないテツローを見ているのがつらかった。

もう充分だろうに。俺は充分に貴史の満足いく絵を録られていると思うのに、テツローは陵辱の行為をやめようとしない。

何度目かの絶頂のあと、テツローが俺のTシャツをたくし上げてきた。裾《すそ》に手を入れて、はき出された精液でぐしょぐしょに濡れていたシャツを上げようとする仕草に、初めて「いやだ」と抵抗した。

「なんだよ。今頃恥じらってんのか？　もう遅いだろうよ」

笑って俺の拒否を無視しようとする。

「お前に拒否権はねえんだよ」

俺が嫌なのではない。たぶん、俺の身体を見たテツローが嫌な思いをするのではないかと思ったのだ。

だけど確かに今の俺に拒否する権利はなかった。嫌だと口で言っても、阻止する手段はない。せめてもの抵抗の意思を示すため、顔を背けて目を閉じた俺を「今さら」と笑って、胸の上までシャツをたくし上げる。

その動きが、案の定、止まった。

だから嫌だって言ったのに。

点きっぱなしの蛍光灯に晒《さら》された、身体に広がる染みをテツローが黙って見ている。

左胸の下から脇まで、インクをぶちまけたような染みが広がっている。貼《は》りつけた紙を無理やり剝がしたようなギザギザの傷。再生することのない皮膚が引き攣《つ》れた歪みを載せて、てらてらに光っている。

貴史はこれを見たがらなかった。触ろうともしなかった。だから身体を合わせる時、俺は服を脱いだことがない。セックスをするだけなら、それで充分だったから。

動きを止めたテツローは、そのまま俺から離れ、ベッドから下りていった。

やはり興醒《きょうざ》めしたのだろう。

背中まで広がる醜い傷は、俺にとってはどうということはない。むしろ愛《いと》しささえ感じるものだ。背中を這うように広がる模様を、羽根のようだねと言ってくれた人もいた。

だけど、背中に綺麗な羽根を持つテツローには、ただ気味が悪いだけの代物だ。

部屋の隅まで歩いていったテツローが、電気を消した。暗闇の中で、両翼を広げた鳳凰が薄く浮かび上がっていた。

戻ってきて足の鎖を外される。上げたままだった両膝を、ようやく下ろすことができて、ほっとした。撮影は終わったらしい。

手錠も外してもらえるかと、おとなしく待っていると、不意に上半身に柔らかいものが触れた。

テツローが俺の傷に唇を這わせている。途切れた皮膚の境目をなぞるように撫でて、感覚の違うそこにチュッとキスをする。

「何してんの？」

「黙ってろって」

上半身を唇で撫でながら、片方の手が胸を弄り始めた。クリクリと指で玩《もてあそ》び、親指と一緒に摘《つま》まれる。這ってきた唇が、もう片方の胸を含み、舌で転がされた。

「……おい。まだ続くのか？」

「だって俺、まだイッてねえもん」

おいおい。記録も残さないなら、こっからは単なる強姦《ごうかん》じゃないか。拒否権もないだろうが、受け入れる義理もないような気がする。

呆れて黙っている俺の中に、テツローがまた入ってきた。

「んっ」

テツローの形を覚えてしまったらしい俺の身体が、容易に受け入れていく。

「あとちょっと……な？」

俺の足を抱え上げて、テツローが笑っている。その無邪気と言えなくもない表情に力が抜けていく。だいたい、こいつのあとちょっとという言葉が信じられない。

「すぐに終わらせてくれよ」

「まあまあ、そう堅いこと言うなよ」

「保《も》たないんだよ、俺が」

「大丈夫だって。お前案外柔軟だから。だいぶよさげだったし。な？」

「よくないっ」

言い返そうとする口をまた塞がれた。キスをしながらテツローが動き出す。

「ん……ふ、ぅん、……ぁ」

早くイケばいいものを、またテツローが俺を刺激し始める。

「ほらな」と、得意げに言われても、困る。

激しく突き上げたかと思うと、また宥めるようにゆっくりとされる。シャツをたくし上げられた身体を両手で撫でられ、俺はまた声を上げた。

「……ああ、気持ちいいな。なんか、終わらせたくないっつうか……」

冗談じゃない、と抗議しながら性懲りもなく追い上げられてしまう。

気持ちよさげに揺れているテツローを見上げながら、背中の鳥も羽ばたいているのかなと、その羽根を想像した。

ふと、その背中を撫でてみたいと思う。

だけど、俺の腕はベッドに繋がれたままだから、それは無理かと諦めた。

だいたい、好き勝手に自分を陵辱している男の背中を撫でたいなどと思うこと自体、おかしな話だとすぐに思い直した。

どれぐらいの時間、責められ続けていたのか。快感に流されながら、そのうち睡魔に襲われた。テツローはまだ俺の上で揺れ続けている。やはり、こいつの「あとちょっと」は大嘘だった。

勝手にしろよと思いながら、何度目かの絶頂のあと、俺はついに意識を手放した。

目が醒めると、手錠が外されていた。寝ている隙に外してくれたものらしい。足も自由なままだ。

テツローは狭いベッドの上、俺の隣で寝息を立てている。暢気《のんき》なものだと思う。これで俺が逃げ出して、天井の記録も抹消したら、どうするんだろう。まったく残念な男だ。

だが、俺は逃げることも、天井の仕掛けを取り外すこともできなかった。

なぜなら、

「……身体が動かない」

無残な内出血の痕を残す腕は、辛うじて動かすことができた。

問題はそれ以外の部分だ。というか、腕と首以外の全部が、思うように動かなかった。足は痺《しび》れたようになり、腰も重く、痛い。尻にはまだ何か異物が挟まったままのような感覚だった。

「……ぅはよう」

テツローが寝ぼけた声を出して挨拶をする。それから目を擦りながら身体を起こし、あろうことか、俺にキスをしてきた。

「おいっ、何をするっ。やめろ！」

そこしか動かせない首を振り回し、それを回避する。

「あーあ、やっぱ腫れてるし。痛かったろ？　お前無茶するから」

「無茶なのはお前だ。おい、寝てる隙に何したっ。身体、身体、動かない」

「そりゃ、昨夜あれだけ激しく愛し合ったわけだから」

「愛し合ってないしっ。なんか入ってる。抜け、馬鹿」

「あー？」

寝ぼけた調子のまま、テツローが怒り狂う俺の顔を眺めている。

「なんか、なんかっ、下が……変だ。お前、おもちゃ入れっぱなしにしただろっ。抜け」

「入ってねーよ？　つか、俺がそんな面白れぇことするかよ」

「けど、なんか、いやだこれ。どうなってんの？」

「んー。そのうち治まるよ。コーヒー飲むか？」

えへら、と笑ってテツローがベッドから下りた。

「起き上がれない。おい、テツロー、なんとかしろ」

「まあ、待ってなって」

悠長にモーニングコーヒーを淹《い》れている背中に罵詈雑言《ばりぞうごん》を投げつける。動かない身体がもどかしくてイライラした。

「待てない。コーヒーいらない、水だ、水持ってこい！」

「水でいいならコーヒーでもいいだろ。それ飲んだらマッサージしてやるから」

「いらない。今すぐなんとかしろ、馬鹿っ」

「おお、怒ってる、怒ってる。かぁーわいい」

「うるさい！　ふざけんな」

「いいじゃねえか。どうせ今日一日家でおとなしくしてもらわなきゃなんねえんだからさ」

俺が何を言ってもテツローは飄々《ひょうひょう》としている。それが悔しくてたまらない。人をまるで我が儘な子供のように扱う態度が気に食わなくて、どうしようもなく腹が立った。

それに昨夜のことを思い出すと、無性に居たたまれない気分になる。愛し合ったとか、あんな、あんな——薄ら寝ぼけた顔で、キスなんかされたら、どうしていいのか分からなくなるじゃないか。

「ほれ、入ったぞ。お前のはカフェオレな。疲れた身体にはカルシウムだ」

昨日と同じようにテーブルに置かれたカップを一瞥《いちべつ》し、ふい、と目を逸らす。飲みたくたって、身体がいうことをきかないのだ。

「そんな、酷い？」

　テツローが俺の表情を窺っている。俺が動けないのに、元気いっぱいな様子も悔しいと思う。

「痛い」

「そだな。足、だいぶ引っ張ったから」

　タオルケットをかけられ、そっと足を揉《も》まれた。静かに横を向かされ、やさしく揉まれると、なんだか変な感じだ。気まずいのと、苛立《いらだ》たしいのと、同情されたくないのと、多少は心配されたいのと、色々なものがごっちゃになって、とても変な感じに襲われて、自分でもどうにもならない。

「まだ痛いか？」

「……痛い。すごく、痛い」

　足を擦っていた手がタオルケットの上から、背中の傷をそっと撫でてきた。熱い塊が込み上げてくる。慌てて「触るなっ！」と怒鳴っていた。

　すっと、手が離れていった。黙って床に腰を下ろした気配がし、コーヒーを啜る音が聞こえる。

　腹の奥がまたズクリ、と痛んだ。こいつといると、忘れていた感情を掘り起こされてしまう。本当にやっかいなことだと思う。

タオルケットを巻きつけたまま、引きずるようにして、ズリズリと下りていった。昨日と同じように、テツローの隣で味のしないカフェオレを口に含んだ。

「あち」

自分が思っていたよりも先にカップの縁が唇に触れて、その熱さに思わず声を出してしまった。

「腫れてんだよ。口。思いっきり切ったから」

テツローが心配そうにこちらを覗いて、でも少し笑っていたから、安心した。怒ってはいないようだ。今度は用心してカップを口につける。

「テツロー」

「うん？」

「パンツ穿《は》きたい。パンツとって」

タオルケットの下は全裸だった。パンツは昨夜の早い段階で脱がされたのは知っていたが、寝ている隙にTシャツも脱がせたようだ。親切だとは決して思わないが。

俺の着替えを出してきたテツローは、「穿かせてやろーか？」と、またふざけた声を出した。本当に懲りない男だと思う。

笑っている男を無視して下着を奪い取り、潔くタオルケットを脱ぎ捨てて、座ったままパンツを穿いた。

Tシャツを被る俺の身体を、テツローは遠慮することもなくじっと見つめている。黙って見られながら着替えを済ませた。

「それ、火傷《やけど》？」

また俺の隣に座り、コーヒーを一口啜って、テツローが聞いた。

「そう」

「ふうん」

色々とうるさく訊いてくるかと思ったテツローは、それきり黙ったまま、コーヒーを啜っている。気を遣っているのか、自分から訊いてこないのに、こっちが苛ついた。

遠慮するようなタマかよと思う。でも好奇心旺盛《おうせい》な隣の男が黙っているのが気詰まりだから、自分から話してやることにする。隠しているわけでも、思い出したくない過去でもない。

「子供の頃、火事に遭って」

「そうか」

「うん。住んでたアパート」

原因は寝煙草《たばこ》だった。布団の辺りの延焼が酷く、そう断定された。真面目な人だったが、酔うと少しだらしなくなるところがあった。その日も酒を飲んで、ゆらゆらしながら煙草を吸っていたのを覚えている。たぶんよく消しもせずに、枕元に灰皿を置いたまま、寝入ったのだろう。

俺は隣の布団で寝ていて、気がついたら周りは火の海だった。

「俺はぐっすり寝てて。急に苦しくなって目を醒ました。電気消したはずなのに、昼間みたいに明るくて、でも真っ暗で」

矛盾しているようだが、確かに記憶の光景は眩《まぶ》しいぐらいの明るさと、それを覆うように迫ってくる暗さが同時に存在していた。

熱さは不思議と感じなかった。ただ、喉がかき回されたように痛くて、怖くて泣いていたはずなのに、顔がカピカピに乾いていた。

――紺ちゃん。

自分を呼んだ声をはっきりと聞いた気がした。だけど、それはあり得ない。

だって――

「なあ、人が焼けるのって、見たことある？」

「ねえよ。怖いこと言うな」

「だな。怖いよな」

だって、目の前に立っていた人は、火に包まれていたのだ。

火に包まれながら、手を動かしている姿は、優雅に踊っているように見えた。腕を左右に振り、まるで身体の周りの羽虫でも追い払っているようにも見えた。

化繊のパジャマが燃えながら肌に張りつき、皮膚と一緒に溶けていた。

それが踊りながらこちらに近づいてくる。

驚いたような顔をして、目も口も、大きく開けながらこちらに手を伸ばしてくる。

俺は怖さで泣き叫んだ。

「よく、助かったな」

「うん。奇跡だって言われた」

恐怖に固まったまま、俺は動くことができなかった。ただ茫然《ぼうぜん》とそこで焼けていくしかなかった。

周りは火の海。

動くこともできず、縋《すが》るように抱きしめた布団からも煙が出ていた。

いやだ。こわい。助けてと、焼けつく喉で必死に叫びながら、それでもきっと俺もそのうち燃えながら踊り始めるんだろうと思った。

怖くて怖くて、そうなるのが嫌なのに、俺もそこにすぐに取り込まれるのだろうと、諦めながら泣いていた。

俺はここで焼かれ、苦しみ、踊りながら死んでいくんだというそれは、悲壮なほどの、確信だった。

だけど、生き残った。

近づいてくる人を見て叫んだその先を、憶《おぼ》えていない。熱でガラスが割れた音を聞いた気がする。

気がつくと、俺は病院のベッドにいた。全身に火傷を負い、それでも生き延びることができた。

火事の中、俺が発見されたのは、アパートの外、庭の植え込みの中だったのだ。

気を失った俺は、破ったガラス窓から放り投げられた。背中にはくっきりと、俺を抱え上げた腕の跡が残っている。

俺を助けようとした人の——燃えながら、俺を必死に守ろうとした人の証《あかし》が刻まれている。

回復するのに長い時間を要した。身体の回復よりも、精神がずたずたになっていた。

火の海。目の前で焼け崩れていく人。迫ってくる恐怖。喉の痛み。泣いても濡れない頬。伸びてくる腕。すべてがいっぺんに襲ってくる。痛さと恐怖に泣き叫ぶ夜が続いた。

騒ぎ、暴れ、強制的に眠らされる。それを繰り返すうち、色々なものが俺の中から消えていった。少しずつ静まっていく俺の中で、恐怖と一緒に他の感情も薄れていった。

何も感じないほうが楽なのだと気がつくと、懸命にそうしようと努力した。あんな思いはもうしたくない。

そのうち味覚も失った。

残ったのは、自分のちっぽけな命だけ。でも、こんなちっぽけなものでも、必死に守ろうとしてくれた人がいたのだ。生き残った俺を、よく生きていてくれたと言ってくれた人がいる。それだけを大切にしようと思った。

「家で料理しないのも、火、使うのが嫌だからか？　怖い？」

「さあ。そんなふうには思わない。ただ、使わないで済むならそのほうがいい。不便ないから」

「そうか」

虚勢だ。きっとテツローにもそれはばれているだろう。

本当は怖い。恐怖を感じたくないから、そこから遠ざかっている。恐怖はきっとすぐそこにある。他の感情も、ふとした隙に入り込んでくるのが嫌で、俺は何からも遠ざかっていたのかもしれなかった。

「でも、ま、生き残ってよかったじゃねえか。両親もほら、ちゃんといんだろ？　不動産屋やってるって」

それには答えずに少し冷めてきたカフェオレを飲んだ。

「今、何時頃？」

「あん？　ああ、もうすぐ九時になる」

「そうか」

もう間に合いそうにないなと、ぼんやりと考えた。実家のある隣県には、電車で二時間はかかる距離だ。駅から会場までも、遠かった記憶がある。

「なに？　まだ諦めてなかった？　先生のところに行くの」

時間を気にした俺に、テツローが呆れたような声を出した。

「いや。どうせ身体、思うように動かないし」

「だよな」

「お前の俺を動けなくする作戦には恐れ入ったよ」

「おい。わざとじゃねえよ。ちょっと頑張りすぎただけじゃん。俺がそんな策略家かよ」

それは言えると苦笑した。行き当たりばったりな男だ。

テツローが三回目のカレーを温めようと立ち上がった。

どこも拘束されていない俺も、もはや逃げようとも思わなかった。どうせあと一日のことだ。明日になれば、また同じような毎日が始まるだけだった。

機会はきっとまた訪れる。

貴史に逢えたのが運命なら、今日行けなくなったことも、また運命なのだろう。

朝飯とも昼飯ともつかないカレーを待っていると、珍しく部屋の電話が鳴った。

出ようかどうしようか迷った。相手は察しがついていた。テツローが振り返って俺を見ている。

そのままにしておけば留守電に切り替わるが、内容を聞かれてしまう。ただ、出たら相手は困惑するだろうし、言い訳をして、それを聞かれるのも一緒のような気がする。

迷っているうちにコールがやみ、留守電に切り替わってしまった。仕方がないからそのまま放置することにした。留守の旨と、伝言を促す音声が流れたあと、ピーという合図が鳴り、何年ぶりかの声を聞いた。

『紺、ちゃん？　いないの？　そうだよね。もう出かけてるよね。昨夜のうちに叔父《おじ》さんの家へ行くって聞いてたんだけど、行かなかったんだって？』

懐かしい伯母《おば》の声。俺が今電話に出たら、仰天するだろう。今電話に出ていたら、式には間に合わないことになる。

『あ、と。いないならいいの。ちょっと心配になったものだから。そうよね、いるはずないよね』

自分で確かめるように呟《つぶや》いている声に、少し申し訳なくなる。

ごめん。行けないんだ。ごめんなさい。

留守電の声に無言で謝った。どうか、伯母さんのほうで、上手くやってください。

『先にお寺さんのほうに行ってるからね。場所、憶えてるよね。前と同じお寺さんだからね』

いないものと確かめているのに、それでもわざわざ場所を教えている。

分かってる。憶えているよ。だけど、今日はそこへ行けないんだ。ごめんなさい。

『時間はお昼からだからね。遅れないでね。待ってるからね。気をつけて、おいでね』

うん。よろしく言ってください。元気でやってますって報告してください。ちょっと今、身体が変なことになってて、動けないけど、ちゃんと生きてますって、報告してください。

ピーという伝言の終わりを告げる音が聞こえ、留守電の声が途切れた。

「……おい。なんだよお寺って。なに？　お前、本当に用事あったの？」

「だから言ったじゃないか。姉の式に出るって」

「姉ちゃんの結婚式っつったじゃん。なんだよ、お寺って」

「俺は一言も結婚式だなんて言ってない」

「……だっけ？　つか、姉ちゃんいないって」

「いないよ？　死んじゃったから」

「……するとなにか？　姉ちゃんの葬式だったのか？」

「いや。十三回忌」

カレーをかき回していたお玉を持ったまま、テツローが仁王立ちしている。黄色い汁が、ボタボタと床に落ちた。

「おい。カレー、落ちてんぞ」

「お前……言えよっ！　そういう大事なこと！」

「言ったらあんた信じてくれたか？　それで行かせてくれたのか？」

　いい加減な身上調査で俺のすべてを知っているような口をきき、お前に姉なんかいないと断言したお前が、火事で焼け出された俺に、両親生きててよかった、なんて言ったお前が、俺の何を信じるんだろう。

「……その式、何時から？」

「昼。十二時って言ってた。でももう間に合わないし。いいよ」

　行きたい気持ちはもちろんあったし、行く気でいた。だけどテツローに諦めろと言われた時点で諦めたのも事実だ。

　思案げにあちこち視線を巡らせていたテツローがカレーの火を止めた。

「支度しろ」

「いいよ」

「いいからっ、支度しろ。ほら」

　腕を摑まれバスルームに放り込まれた。

　どうせ間に合わないのに、と思いながら、顔を洗い、歯を磨いた。どうせならシャワーを浴びたいと考えて、バスタブに入ってお湯を浴びていたら、鬼の形相で入ってきたテツローに「悠長にシャワーなんか浴びてんじゃねえよ！」と怒られた。

「だって身体痛くて。温めたら少しいいかなって思って」

あまりの剣幕につい言い訳をしてのろのろとバスタブから出た。身体を拭こうとする俺から引ったくったバスタオルで乱暴に拭かれ、Tシャツをおっ被せられる。パンツまで穿かせようとするのを、慌てて「自分で穿ける」と断り、ギクシャクとした動作で身支度を整えた。

シャツのボタンを留める間、テツローは俺の髪をタオルでまたグシャグシャと拭いていた。濡れたままの髪を手で撫でつけながら「乾かす時間なんかねえぞ」と言って手伝ってくれる。

「あーあ。お前、そんなたらこ唇で。殴られたみたいじゃねえか」

腫れた唇を見ながらテツローが嘆いた。

「それに近い暴行を受けたのは確かだな。いや、この場合、殴られたほうがましだと言えるぐらいの酷い陵辱行為を受け……」

「口動かしてないで、手ぇ動かせ。しょうがねえだろ。不可抗力だ。おら、急げ」

俺の知っている不可抗力という意味と違った使い方だなと思いながら、促されるまま、テツローに連れられ、三日ぶりに外へ出た。

駅前のレンタカー屋に連れていかれた。俺が風呂場でモタモタしている間、ネットで予約を済ませていたらしい。待つことなく用意されたレンタカーに乗り込み、テツローが車を発進させた。

「道選んで行けば、間に合うぞ」

「……うん」

真剣な表情でハンドルを握るテツローの横顔を盗み見て、小さく頷《うなず》いた。


朝の渋滞の時間を過ぎた道路を、右へ左へとハンドルを切りながら、止まることなく進んでいく。運転の腕は確かなようだった。

「その、あれか、姉ちゃんって、火事で亡くなったのか？」

真剣な顔でハンドルを握りながら、テツローが声を出した。

「違う。火事はもっとずっと前。俺が小学校入る前だったから」

「そうか」

「火事で死んだのは、両親だ。姉はその時部活かなんかの合宿で家にいなかった。俺だけ助け出された」

車がキ、と止まった。赤信号だった。信号を待つテツローが、眉間《みけん》に皺《しわ》を寄せている。

「え、だって、お前……」

「仮にも人の弱みを握ろうとする時には、そいつの戸籍ぐらい調べとけ。不動産屋やってんのは俺の叔父。父方の弟だ。火事のあと俺だけ引き取られた。だから名字も変わらない。

養子ってわけでもないぞ」

「そうなのか」

「瑠璃《るり》……姉は母方の伯母さんのところに行った。そっちはまだそん時はばあちゃんが生きてて、養女になった。だから名字が違う」

火事の原因は父の寝煙草だった。全焼したのは一棟だったが、延焼を防ぐためにぶち撒《ま》かれた水と消炎剤で建物の大部分が駄目になった。火災保険で支払えたのは、焼けた一部だけ。残りはすべて賠償責任となった。

二人の残した生命保険では到底賄いきれる賠償額ではなく、俺を引き取った叔父が尻拭いをした。

不動産業を営む叔父の家は大打撃だった。ただ、成り上がりでも地元の名士と呼ばれ、その名誉を守りたい叔父は、身寄りのなくなった子供を見捨てることができなかった。

俺を引き取ったのは、世間の目を考えたからだ。それだけの理由で引き取られた俺は、完全にやっかい者だった。

姉が伯母のところへ行ったのは、二人いっぺんには面倒を見られないという理由ともう一つ、叔父の家には姉と同い年の従兄《いとこ》がいたからだ。思春期の男のいる家に、同じ年代の女性が入ることを、従兄の母親が拒否した。たぶんそれは正解だったんだろう。

姉はとても美しい人だった。

だから火事で両親を失った姉弟は、名字も分かれ、まるで他人のように別々の場所で過ごすしかなかった。

「瑠璃っていうのか。姉ちゃんの名前」

「そう。俺が紺で、姉が瑠璃。二人とも色の名前。新婚旅行で行った沖縄の海が綺麗だったんだって」

瑠璃ちゃんはよく小学校まで会いに来てくれた。家まで来ると、叔父の家の人に嫌な顔をされるから、外で会った。

学校の帰り道の公園でアイスクリームを食べながら、俺の話を聞いてくれた。火事のショックでちょっと人とうまくできなくなっていた俺を、大丈夫だからね、いつかうまくいくからねと、何度も何度も励ましてくれた。

瑠璃ちゃんが高校へ行ってからも、会いに来てくれた。ばあちゃんがその頃はもう寝たきりになっていて、介護をしながらそれでも時間を作って会いに来てくれた。

瑠璃ちゃんが卒業して、働くようになったら、きっと紺ちゃんを迎えに来るからねと約束していた。そしたら一緒に住もうねと、指切りげんまんをした。それを楽しみに待っていた。それだけを楽しみに、ずっとずっと待っていた。

俺が瑠璃ちゃんを支えに毎日を過ごしていたように、瑠璃ちゃんも俺が生き残ってくれてよかったと言ってくれた。お母さんが紺ちゃんを助けてくれたんだねと、お腹と背中の傷を嬉しそうに撫でてくれた。

　これは紺ちゃんが二階から落ちても怪我をしないように、飛べるように羽根をつけてくれたんだよと笑っていた。

「それで、その瑠璃さんは、なんで亡くなったんだ？　病気？」

「違うよ。飛んだんだ」

　十二年前の今日、瑠璃ちゃんは飛んだ。

　飛んで、堕《お》ちて、いなくなった。

　俺との約束を果たさずに、誰もいない校舎の窓から飛び下りて、永遠に消えた。

　どうして飛んだのか、本当の理由は誰にも分からなかった。介護に疲れたのではとか、将来の不安だとか、男女関係でトラブルがあったのではとか、色々と言われた。

　さまざまな噂《うわさ》が飛び交った。訳知り顔で、あの娘《こ》はそういう危ういところがあったと言った人もいた。姉はとても綺麗な人だった。

　瑠璃ちゃんがいなくなって、俺は楽しみがなくなった。他の楽しみを見つけようとも思わなかったし、どうやったら見つかるのかも分からなかった。ただ、生き続けるだけだった。父も、母も、姉もいなくなって、残ったのはちっぽけな命と、それを救おうとした証の傷だけだった。

　何も感じず、無意味に毎日を過ごした。自棄《やけ》になることもなかったが、希望を持つこともなかった。ただ生きるだけ。これからどれぐらいの時間生き続けるのかも考えることなく、命を消化するように生きていた。

だから、貴史に出逢えた時は嬉しかった。運命だと思った。貴史に逢うためだけに、俺は生き続けたのだと確信できた。

「そろそろ着くぞ。終わるのは何時頃だ？」

「法要のあと軽い会食をするって言ってたから、たぶん三時ぐらいかな」

「分かった。じゃあ、その頃迎えに来る。それとも、その叔父さんの家にでも泊まるか？」

「まさか」

向こうだって迷惑だろう。

「それに、今日一日は俺を監視するんだろう？　俺がそのまま貴史のところへ行くとも限らないぞ」

「だな。つか……いや、いい」

テツローはそう言って、車を停めた。約束の寺には歩いて数分の場所だった。時間はギリギリ。だけど間に合った。

車を降りて、行ってくると手を挙げて歩き出した。俺が寺に消えるまで、車は動く気配がなかった。

ギリギリ間に合った俺を、伯母は笑顔で、叔父たちは不機嫌な顔で出迎えた。誰のための法要なんだと言わんばかりにせき立てられて、今日の段取りを教えられ、引っ張られるようにして、祭壇の前に座らされた。

文句の一つでも言われるかと思ったが、何も言われなかったのは、本当に時間が迫っていたのと、それにたぶん、俺の腫れた顔のせいだと思う。見覚えのある、いつも怒ったような顔をした叔父と、俺の顔を見れば嫌みを言っていた従兄が、一瞬ギョッとした顔をし、口を閉じたのが分かった。

坊さんの経を聞きながら、久しぶりに瑠璃ちゃんの写真を見た。こちらを見て微笑《ほほえ》む姉は、相変わらず、すごく綺麗だった。

経を聞き、焼香をし、長い供養の儀式を終えて、寺の敷地内にある会館で会食がなされた。同じ地所内にある墓参りには、午前中に親族のみで行ったと聞かされ、頭を下げた。十三回忌ということで、瑠璃ちゃんの学校時代の友達も参列してくれて、そのための配慮だったようだ。

親族だけでなされるはずだった会食も、思いがけずたくさんの人が集まることになり、急遽《きゅうきょ》、立食形式になっていた。

十二年経っても、瑠璃ちゃんのために来てくれたことに感謝する。忘れずにいてくれたことを嬉しく思うが、それでも叔父たちが驚くほどの人の数が集まったのは、今日が今日というタイミングだったからだと、俺は知っている。

十八歳で逝った瑠璃ちゃんの同級生たちは、ほとんどが結婚し、母親になった人もいた。ささやかな振る舞いの席で、時間の経過とともに、同窓会のような雰囲気に変わっていく光景を眺めていた。

瑠璃ちゃんも生きていたら、この中で笑っていたんだろうなと想像しながら、相変わらず味のしない料理を口に運んでいたら、伯母が俺を呼びに来た。

「紺ちゃん。瑠璃ちゃんの高校の時の先生がいらしてくれたわよ」

ゆっくりと振り返り、姉の担任だったという人の顔を見つめた。

「瑠璃ちゃんの担任の先生。伊勢谷先生よ」

伯母に紹介された先生が、黙って目を見開いたまま、俺を見ていた。

ああ、テツロー。お前の仕事、失敗しちゃったよ。

お前は俺を部屋から出してはいけなかったんだ。

「紺ちゃんはお会いするのは初めてかもね。葬儀の時もいらしてくれたのよ」

瑠璃ちゃんの葬儀の間、俺はほとんどその席にはいられなかった。ショックが大きすぎて、控え室で寝ていたから。会場に連れていかれても、座ることもできず、すぐに吐き気に襲われて、参列した人たちに、挨拶をすることができなかった。だから、担任としてやってきた貴史に、逢うことができなかった。

伯母が取りなし顔で俺に貴史を紹介する。

「随分とお世話になったのよ。瑠璃ちゃんがあんなことになって……先生、責任感じられて、学校をお辞めになられて」

「いいえ。辞めたのはそれだけの理由ではありませんから」

じゃあ、どんな理由ですかと訊きたくなったが、黙って頭を下げた。

「初めまして。弟の紺です。今日は姉のためにわざわざおいでいただき、ありがとうございます」

十三回忌の日と、飛び下りた学校の百周年の記念の日が合わさったのは、偶然だったんだろうか。同じ学校を卒業した俺が、何も知らずに貴史のいる予備校を選んだのも、偶然だったんだろうか。

貴史はどう思っているのか、是非とも訊いてみたかった。

「……弟さんがいたことは、聞いていましたが……いや、どうも……初め、まして」

「お名前は、よく姉から伺っていました。とても頼りになる先生だと。進路のこともよく相談していたそうで」

「いいや。そんなことは」

向かい合ったまま、話が続かずに黙っているのを見ていた人たちが、先生、先生と周りを囲み出した。その輪から外れていく俺を横目で見ながら、貴史はかつての生徒たちの相手をし始める。

この法要が終わったら、その足で記念式典に出席するだろう人たち。華やいだ声を上げる人たちは、今は瑠璃ちゃんのことを忘れ、生きている自分たちの話に夢中になる。

祭壇に飾られた、瑠璃ちゃんの綺麗な笑顔を仰ぎ見る。

飛ぶ前に、瑠璃ちゃんは何を見たんだろう。どんな風景を見ながら、堕ちていったんだろう。誰もいない校舎で、何を考え、何を悩み、何に追い詰められて飛び下りたんだろう。

誰にも本当のことは分からない。

思春期は不安定になるものだと言われた。色々な噂が飛び交った。

綺麗だったから。

火事で親を亡くした薄幸な美少女は、健気《けなげ》で美しく、そして危ういほど魅力的だったから。

ねえ、貴史。

瑠璃ちゃんは一人で堕ちたわけじゃなかったんだよ。

彼女の中には、もう一つ、命が宿っていたんだよ。

先生は、それを知っていましたか？

なぜ学校を去ったんですか。

何から逃げようとしたんですか。


テツローと約束したとおり、三時には寺を出た。百周年の式典には出ないと言った。大事な約束があるからと。初めから出るつもりのなかったものだ。

降りた場所と同じところで、テツローは待っていた。黙って助手席に乗り込む。

「済んだのか？」

「ああ」

それだけの会話で車が動き出した。しばらくはお互い無言のまま、来た道を戻っていく。

住宅街の細い道を抜け、東京へと続く広い県道に入った辺りで、テツローがボソッと何かを呟いた。ボーッとしていたから聞き逃してしまい、「何？」と訊き返す。そういえば、車を降りる時も何かを言いかけていたのを思い出した。

「なんだよ。脳天気なくせに口籠もるなよ。気持ち悪い」

「お前酷い言い種《ぐさ》だな。俺がまるで馬鹿のようじゃねえか」

「馬鹿のようっていう表現は、馬鹿じゃないっていうことになるから、それは間違った使い方だな」

「うるせえよ。俺に言わせれば、お前のほうが馬鹿だと思うぜ？」

「なんでだよ。あまりに心外だな。それは拉致監禁されて、両手両足を縛られ、強姦されるよりもショックな言葉だ」

「それは誰のことだ？」

「さあな」

「お前なあ。もし仮に、お前の言わんとする人物が俺だとして、それじゃあ俺が、極悪ひでえ奴みたいじゃねえか」

やっぱり馬鹿だった。

「いちいち突っ込むのも大概面倒だが、俺は親切だからあえて突っ込んどいてやる。まず、拉致監禁強姦魔は間違いなくお前のことだ。自覚してくれ。それからお前のような酷い奴のことを、極悪非道と呼ぶ。極悪ひでえではない。勉強になったか？　それで俺のどこが馬鹿なんだ？　馬鹿に馬鹿と呼ばれることほど屈辱的なことはないな」

「だからあ、その極悪非道の迎えにきた車に『ただいまぁ』ってのこのこ乗り込んでくるお前はなに？」

「……そうか。それは迂闊《うかつ》だった」

本当に迂闊だった。考えてなかった。馬鹿は俺か？　だけど認めたくない。

「ただいまぁ、なんて言ってないぞっ！」

そこを強調しても意味はなかったが、とりあえず反論だけはしておきたい俺だった。

「それに、突っ込むのは俺専門。なっ？」

明るく言われて脱力する。俺はこんな馬鹿に、馬鹿にされているのか。

「……つか、マジ、お前は戻ってこねえんじゃねえかって、思ってた」

「そうなのか？」

「ああ。だってよ、法要行って、そのあとは簡単に逃げられんじゃん。つか、律儀に終わる時間教えねえよな、普通は」

「お前、俺をそんな卑怯《ひきょう》な奴だと思ってたのか」

「まあ、そこは置いといて」

「置くな」

「じゃあ置かずに持ち上げるけど。お前の先生にやってることは、お世辞にも公明正大とは言えねえよな。黙って声録音したり、盗聴器つけたり、ビデオ設置したりは卑怯じゃねえのか？」

「……」

置いておけばよかった。

「で、話を戻すけどよ。部屋から出た時点でお前は逃げることができたわけだ。そんで俺はお前のいうところの脳天気な馬鹿だから？　口開けて車でずっとお前待ってて。そんで、遅いなあ、どうしたのかな。はっ、もしかしたら式典に出ちゃったかも、なんて慌ててる隙に、さっさと部屋に戻って昨日の二人の情熱的な愛の記録を抹消できたわけだ」

引っかかる部分はあったが、あえて黙っていた。ここで突っ込むと、また話が脱線しそうだったから。

「ていうかさ、戻ってくる理由がないわけ。警察に通報することも、その叔父さんとやらに相談することも、そのまま行方くらますことも、なんでもできたんだよ。けど、お前は戻ってきた。なんで戻ってきた?」

「なんでって……」

分からなかった。

考えてみれば、テツローの言うとおりだ。なんで俺は、のこのこテツローの車に帰ってきたんだろう。

わざわざ送ってもらったから? だけどそもそもはテツローに邪魔されなければ俺は一人で来られたのだ。

待っていると言われたから。だから何も考えずに終わったら戻ろうと思っていた。

貴史に会えた時点で、俺の目的はほぼ達成された。会える確率は半々だと思っていた。あの場所で貴史に会い、あいつの反応が見たかった。それは達成された。

だけどその瞬間、思い浮かんだのはテツローの顔だった。

　ああ、会っちゃったよテツロー、と思ったのだ。引き返せない。どうしようテツローと、その名前を呼んでいたのだ。

「そこんとこ、訊きたいんだよ、俺は」

　考えこんでいる俺に、テツローが訊いてくる。

「さあ。分からないとしか言いようがないな」

「自分のことだろ？　よっく考えろ。理路整然と、順序立てて」

「考えない」

「なんでだよ」

「面倒だ」

「出た。投げやり仮面」

「ほっとけよ」

「放っておけないから言ってんだろ」

　放っておけ。どうせもう動き出してしまった。だって、会ってしまったのだ。

　俺が瑠璃ちゃんの弟だと知った貴史は、きっと動き出すだろう。瑠璃ちゃんに何を聞いたのだと問い詰めに来るだろう。お前は何を知っているのだと、今度こそ本気で脅してくるだろう。

　臆病で狡猾な貴史は、決して証拠を残さない。だけど臆病ゆえに、疑ってかかるのだ。

俺が何かを知っていて、それが自分の幸せを奪うのだと怯《おび》え、確かめずにはいられない。

「本当はさ、俺の仕事じゃなかったんだ」

「え？」

前を向いたまま、テツローが話し出す。

「俺の仕事はお前を監視して、お前の身辺調べて、それを報告するまでだったんだ」

「そうなのか」

「そ。曜日単位でどんなスケジュールで生活してんのか。立ち寄る場所はどこか。……どこで襲うのが、一番効率いいか。そういうことを調べて報告する。その先は、まあ、お前の言ってた別のプロが引き受けることになってたんだよ」

「ふうん」

「で、結局お前の行動パターンでさ、先生の依頼をいっぺんに達成するためには、部屋に押し入るのが一番早いってことになって」

「それはそうだろうな。で、それがなんであんたが来ることになったんだ？」

「志願したんだよ」

「なんで？」

「そりゃ……興味が湧いたっつうか、なんか、他の奴らに任せるのはちょっとやだな、とか」

「なんで？」

「だからあ、察しろよ」

「分からない」

「即答してないで、ちょっとは考えてほしいんだけど。ま、ぶっちゃけ、顔見た時から、好みだなって……」

「なんだよ、真性のゲイかよ。お前は依頼されたターゲットの顔が好みだったから、自分で強姦を志願したわけだな」

「身も蓋《ふた》もない言い種だな。ま、結局はそういうことになるんだけど。でも俺、すげえ説得したぜ？　その努力は買ってくれよ。な」

初めは本当にただの興味だったのだと、テツローは言った。こんなおとなしそうな奴が、ストーカーをするというのが単純に面白いと思った。ちょっと脅して泣かせれば、すぐに解決するチョロい仕事だと。

つまらない毎日を過ごし、判で押したように同じ道を辿り、同じ場所で飯を食い、同じコンビニで同じ弁当を買う。こんな奴のどこにそれほどの情熱が潜んでいるのかと不思議に思ったと。

「お前さあ、俺がちょっと悪戯心で弁当先に買っただろ？　俺、近くで見てたんだよ。そしたらさあ、えらくがっかりして『あ、ない、どうしよ』って、ちっちゃく呟いてた」

「本当に困ったんだよ」

「ああ、マジに困ってた。んで、知ってる？　そん時のコンビニの店員。そいつがえらく申し訳なさそうでさ」

「そうなんだ」

「そ。んで、次の日も行ったら、その店員、弁当取っておきやがんの。お前のために。知ってたか？」

「知らない」

「だろうな。そんで、弁当見つけてよ、お前『あ、あった』って、またちっちゃく言って、マジ嬉しそうにいそいそとレジに持ってって。店員もさ、にこにこしてやがんの」

知らなかったろ？

テツローが前を向いたまま話し続ける。

コンビニの店員だけじゃない。毎日行く牛丼屋も、俺のために席をいつもキープしてくれているのだと言われ、初めて気がついた。そういえば、いつ行っても同じ席の一番奥のカウンターで食べていた。

「なんかさあ、放っておけないのよ、お前って。そういうオーラ出してんの。少しは自覚しろ」

「そういうオーラとか言われても」

「助けてあげたいっつうか。守ってやりたいっつうか。構ってやりたいっつうか。いうなれば、捨て犬オーラ？」

「そんなオーラはない。ていうか、毎日行くんだから、そりゃ、顔ぐらい覚えてくれるだろう。お得意様なわけだし」

「まあな。で、お前はそいつらの顔憶えてるか？」

憶えていない。興味がなかったから。

「笹川さんにも会ったことねえだろ？」

「誰？　笹川って」

「ほら、もう忘れてる。お隣さんだよ。俺が宅配持ってっただろ？」

「お前が持ってきたのは災いだ」

「うまいこと言ってねえで、ちゃんと考えろって」

「だから何を？　言いたいことが全然分からないぞ」

「だからあ、俺の言いたいのは、もうちょっと周りの人に興味を持って、ちゃんと見ろってこと。ご近所付き合いもちゃんとしろってこと。人の善意をちゃんと感じろってこと。そしてお前のその捨て犬オーラにやられてる人間が、案外いっぱいいるってこと。そして俺の気持ちを察しろってこと。それから自分の気持ちにも素直になれってこと」

「察するに、その捨て犬オーラとかいうやつに、やられた一人にお前がいるということか？」

「お。やっと分かってくれたか。実はそうなんだよ。つか、顔は好みだったんだけどさぁ、あのコンビニで、お前が困ってたり、喜んだりしてるの見てな、あ、すげ、いい。って思ったわけよ。店員もなんか目ぇつけてる感じだったし。ちくしょ、この野郎、手ぇ出すなよ、なんてな。いわば一目惚れ《ひとめぼ》れ？」

「あのコンビニで、そんな怪奇現象が……」

「お前、人の純粋な恋心を怪奇現象呼ばわりかよ。まあ、つうことで……あんな先生やめて、俺にしろ」

随分と人をおちょくった告白だ。

テツローらしいといえば、実にこいつらしい。明るい声を出しながら、真剣に言っている。こんな、人のことも考えない、誰のことにも興味のない、ストーカーの俺を好きだと、だから俺にしろと言っている。

「お前もほら、俺んとこに帰ってきただろ？　先生に会わずにさ」

会っちゃったんだよ、テツロー。

もう引き返せないところまで来てしまったんだよ、テツロー。

「テツロー」

「うん？」

「お前、勘違いしてないか？　俺は昨日、お前に何された？」

たとえば、テツローに会うのが、もう少し早かったら、俺はどうしただろうか。

「だから、それはお互い水に流して、と」

たとえば、帰り道ではなく、行く時に、今のようなことを聞かされていたら、俺はお前に話しただろうか。話して行くのをやめただろうか。

「流せるか。調子のいいこと言うな。俺がどれだけ嫌な思いしたか、お前想像できるか？　手錠つけられて、首輪嵌められて、あんな格好させられて、水に流せるなんて甘いんだよ」

たとえば、こんな形ではなく、街で、どこかのコンビニで——別の出会い方をしていれば、俺は違っていただろうか。

「捨て犬オーラとか、ふざけんな。結局お前のやったことは強姦なんだよ。それが最初から好みでした？　戯言《たわごと》も大概にしろ」

だけど、一度は諦めた今日のあの場所に、俺を連れていったのも、テツローだ。

「俺が車に戻ってきたのは、単に疲れていたからだ。身体中痛くて、口も痛くて、早く家帰って寝たかったからだよ。お前はただの運転手だ。戻ってきたのは車で、お前のところじゃない」

瑠璃ちゃんの式にも出られた。貴史にも会えた。

結局俺の計画は、邪魔をしようとした人の協力で、滞りなく達成された。

「どうせ帰ったらお前の仕事は終わりだろう。お前の恋心なんか興味もないし、お前を好きになることなんか、絶対にない。終わったらとっとと帰るんだな。帰って自分のやったことの自慢でもなんでもしてくれ」

あとは変わりのない日常に戻るだけだ。

そして貴史を待つだけだ。

他人に興味なんか持たない。誰とも関係なんか持たない。持ったところで面倒なことが増えるだけだ。

「最初から変だとは思ったんだよ。やけに慣れ慣れしかったしな。なんだ。お前、俺にそんな下心持ってたんだ。それであのセックスはお粗末だったな。頭の悪いやり方だ。初めから言ってくれよ。そしたら俺だって少しは楽しめたのにな。でも生憎《あいにく》だ。俺は貴史以外に興味はない……」

「分かった。もういい」

しゃべり続ける俺を、固い声で遮ったテツローは、それから一言も話さなかった。

無言のまま車は走り、俺の部屋の近くのパーキングに停めると、テツローは俺の腕を摑んだまま、歩き出した。

今さら逃げやしないよと言ったが、テツローはやはり何も言わず、握った手の力を緩めることもせず、黙って部屋まで歩き続けた。

鍵を開け、部屋に入る。

天井の仕切りを外し、ビデオを取り出される。壁の内側に通しておいた回線も抜き取られ、これで俺の用意した仕掛けはすべて撤去されてしまった。

一昨日《おととい》から俺を拘束していたさまざまな拘束具も、もう使われることはなかった。

俺はベッドに横になり、テツローは朝と同じように床に座り、パソコンのテレビを観ていた。

やがて夜になり、テツローが立ち上がった。約束の時間が来たらしい。貴史の出席しているパーティーも、終わっていることだろう。

部屋に入ってきた時持ち込んだ箱に、すべての道具を仕舞い、俺から取り上げた証拠の数々も、その中に入れられた。

「行くのか？」

「ああ。終わりだ」

それだけ言って、テツローが玄関に向かう。追いかけようと身体を起こし、だけどそのまま見送った。

何か気の利いた言葉はないだろうかと探し、結局何も言えなかった。

今さら何を言って、俺はあいつを見送ろうと思ったんだろう。

一度も振り返ることのない背中に向けて、俺は何を言おうとしたんだろう。

引き留めようだなんて、せめて俺を忘れないでくれだなんて、言えるはずがなかった。

もう、手遅れなのに。

たったの三日間。

何年も変わることなく過ごしてきた日常の中で、ほんの少しの間発生したアクシデント。

それだけのことだ。

それまで揺らぐことのなかった俺の感情が、何年もただそれだけを見つめ続けた俺の心が、たったの三日で、それもあんな馬鹿みたいな脳天気な男のせいで、ぐらつくことなどあり得ない。

そう自分に言い聞かせながら、俺以外の人の気配のなくなってしまった部屋の中で、俺はベッドに座ったまま、テツローの作り替えたパソコンの画面をただ眺めていた。

ふと、観もしないのに、テレビを点けてしまう人の気持ちが、分かるような気がした。


深夜近くになって、響いたインターフォンの音を聞きドアを開ける。

ドアの前に立つ人の姿を見て、思わず苦笑してしまった。

なぜテツローが戻ってきたなどと、思ってしまったのか。飛び上がるようにしてベッドから下り、いそいそとドアを開けた自分が恥ずかしい。あいつが戻ってくるはずがないじゃないか。

「久しぶり。でもないか。昼に会ったばっかりだった。伊勢谷先生」

玄関に立つ貴史は、固い表情のままその場を動かなかった。

「どうしたの？　上がりなよ。何ヶ月ぶりかな。貴史が俺の部屋に来てくれたの」

「いや。ここでいい」

促しても靴を脱ごうとしない貴史を振り返り、ああ、そういうパターンもあったかと、自分の迂闊さに気がついた。

部屋の中にいくら盗聴器やビデオを仕掛けても、部屋に入ってこなければ意味がなかったんだと、今頃になって思う。これではテツローを笑えなかったと、また苦笑してしまった。

やはり俺は自分が思っている以上に迂闊な奴だったらしい。まあ、今となっては、貴史との会話も姿も記録することはできなくなっていたわけだが。

「なに？　トンボ帰りしてきたの？　パーティーのあとも飲んだんだろ？　あっちに泊まるのかと思ってた」

「そのつもりだった」

「そう」

そこから動かない貴史に付き合う形で、俺も部屋に続く短い廊下の壁に凭《もた》れたまま立っていた。

貴史の表情は固い。思い詰めたような顔をした貴史はあまり記憶になかった。いつも何かを誤魔化《ごまか》すように、薄い笑みの下に本心を隠していたのが、今日はその余裕もないらしかった。

「知らなかったよ。君が彼女、……瑠璃君の弟だったとはね」

「そう？　そうだよね。名字も違うし。でも、よく似てるって言われたんだよ」

「知ってたのか」

「何を？」

「知っててあの予備校に入ってきたのか」

「偶然だよ。本当。担任の先生が学校を辞めたってのは聞いてたけど、その頃俺は小学生だったし。どこに行ったかなんて、誰も知らない。だいたい何年も前に辞めた先生のことなんて、話題になんか出ないよ」

「じゃあ、どういうつもりで俺に近づいた？」

「それは、好きになったからだろ？」

「嘘をつけ」

運命だったんだよ。

俺は笑ってそう言ってみせた。貴史の表情がどんどん険悪になっていくのを眺めながら。

俺はそう信じる。

瑠璃ちゃんが俺に貴史を逢わせてくれたんだと、俺は信じている。これは運命だ。

「瑠璃ちゃん言ってた。すごく格好いい先生が来たって。大学出たての先生だって。やさしくて、人気の先生なんだって。三年になって担任になったって、喜んでた」

「何を聞いた」

「だから、すごく頼りがいのある、兄貴みたいな人だって。進路相談もすごく真剣に一緒になって考えてくれるって。俺の時もそうだったよね。ずっと聞かされていた。だから、そんな格好よくて、やさしい先生に実際に会えて、俺が同じに好きになったって、不思議じゃないだろう？」

「他には？」

「学生時代は陸上やってて、だから学校でも陸上部の顧問で」

「他には？」

「バレンタインの時には、ダントツで一番多かったって。瑠璃ちゃんからももらった？」

「他には？」

「他には……たとえば、どんなこと？」

「全部だ。俺の、何を聞いた？」

「さあ。色々聞いたから。全部は思い出せないなあ。それとも、瑠璃ちゃんが飛び下りる前日の話とかする？」

　貴史の目が大きく見開かれた。

「……どんな話をした？」

　実際はたいした話をしたわけではなかった。だけど貴史の顔には、知られていては困ることがあるのだと、はっきりと書いてあった。

　いつものように俺に会いに来た瑠璃ちゃんは、あの日とても嬉しそうにしていた。就職が内定し、明日は親友と買い物に行くのだと言っていた。学校が創立記念日で休みだから、電車に乗って行くのだと言っていた。俺にお土産《みやげ》を買ってくると言っていた。何がいいかと訊かれ、その街にあるサッカーチームのロゴの入ったタオルが欲しいと言った。

　就職をして、部屋を借りて、そしたら迎えに行くからねと笑っていた。もしかすると、その頃は俺を入れて、四人家族になっているかもねと、悪戯っぽく言っていた。

　その時は意味が分からなかった。瑠璃ちゃんは、どうしてと訊いた俺に、笑ったまま答えてはくれなかった。

　そして親友との待ち合わせの場所に瑠璃ちゃんは行けなかった。俺のお土産も買えなかった。俺を迎えに来ることもできなかった。四人家族になることもできなかった。

「ねえ。予備校の時、片平《かたひら》さんって人がいたの、憶えてる？」

問いには答えずに、唐突に話題を変える俺に、貴史が怪訝《けげん》な顔をした。

「何？」

「ほら、俺と同じクラスで。結構美人で、わりと評判だった。しばらくして辞めちゃったけど。急に」

「なんの話をしている？」

「なんで急にいなくなったのかと思って。楽しそうだったのに。貴史も可愛がっていたよね」

「生徒なんか毎年何百人も入ってくる。いちいち辞めた生徒のことまで憶えていない」

「そうなんだ？　珍しいじゃん。あんなに懐かれてたのに、憶えてないなんて」

「憶えていないものは仕方がない」

「あの人、事件に巻き込まれたんだってね。噂だけど。学校帰り、数人に襲われて、レイプされたって」

「噂だろう」

「帰り道、待ち伏せされてたって。可哀想に。輪姦されて、写真撮られて、脅されたらしいよ。今でも病院に通ってるらしい。大学も行けなかった」

「なんの話をしているんだ？　そんなことより……」

「それから、貴史の同僚の先生。ほら、どっかの私立高校の理事の娘と付き合ってるらしいって。逆玉だって、誰かが言ってた。あの先生、痴漢で捕まったんだって？　本人は絶対やってないって裁判起こすらしいけど。電車内の現行犯で、乗客が見てたって腕摑まれて、でもその目撃者、先生を駅員に引き渡したあと、いなくなっちゃって、出てこないんだってね」

「現行犯なら言い逃れはできないだろう」

「だけど、それが仕組まれたことだったら？」

「そんなことはないだろう」

「あの先生、予備校にもいられなくなって、結婚も駄目になったたって。冤罪《えんざい》だったとしても、なくしたものは大きいよね」

「それがどうした」

「貴史。結婚おめでとう。予備校辞めるんだって？　残念がる生徒も多いんじゃない？でも、仕方ないよね。奥さんの家が経営している学校に行くんだから。いずれはそこの理事になるんだ？　どうやって知り合ったの？　ああ、捕まった先生の代わりに近づいたのか。貴史ってそういうの、得意だもんね」

「紺」

「酷いじゃないか。それで俺が邪魔になった？　俺、結婚しないでなんて言った？　片平さんみたいに、これ見よがしに付き合ってますってアピールしたわけでもないのに」

「彼女は俺と関係ないだろう」

「貴史は邪魔になると、なんでも捨てようとするから。それ以外に何人捨てた？」

「そんなことはない」

「俺んところにも来たよ、間抜けなのが。お陰で見てよ、この顔」

「俺は関係ない」

「……ねえ、貴史」

臆病で狡猾な貴史。邪魔なものは排除して、証拠も残さない。

「なんで瑠璃ちゃんを殺したの？」

貴史の表情は動かない。

どの仮面を選べばいいのか分からないのか、俺を見つめる瞳は感情を映さない。

「……なんだ、それは？」

「教えてよ。なんで殺したの？」

俺は何も知らない。

噂だけが勝手に一人歩きした。

だけどこれだけは知っている。

綺麗で魅力的な俺の姉は、決して自分から命を絶つような人ではないことを。火事から助け出された時、一人にならずによかったと、俺が生きていてくれてよかったと、俺の顔を見て泣いた姉。

そんな姉が、俺を残し、ましてや小さな命を宿したまま、飛び下りるはずがないのだ。

なのに、あの日飛び下りた。

本当に飛んだのか。

なぜそんなことになったのか。何があったのか、俺は知らなければならない。

真実を知っている人が、目の前で俺を見ている。

「みんな酷い目に遭ったけど、でも生きてる」

けど、俺の姉は死んだ。

「ねえ。なんで瑠璃ちゃんだけ死ななきゃならなかったんだろう」

「……何を言っているんだ」

「瑠璃ちゃんが絶対に産むって言ったから？　一人でも産むって言ったから？」

「彼女は自殺したんだ」

「その場しのぎで約束したんだろ？　いつか結婚しようとか。だから今回は諦めろって」

「なんの証拠があって言っている。しょ、証拠なんかない。お前の妄想だ」

「だけど瑠璃ちゃんが聞かなかったから？　だから突き落とした？　窓から捨てたの？

人間を」

貴史が探るように俺を見ている。俺がどこまで、何を知っているのか、見極めようと、用心深く俺を観察している。

証拠なんか何もない。あるのは俺の確信だけだ。

教師のくせに生徒に手を出し、妊娠させておいて、自分の身が危うくなったから抹消した。創立記念日で誰もいない学校に呼び出し、そして窓から突き落としたのだ。

「そんなに怖かった？　瑠璃ちゃんが産むって言ったのが」

堕ちる瞬間、瑠璃ちゃんは何を見たのだろう。目の前で恋人だと信じた男の、自分を突き落とそうとする手を見たのだろうか。

「何を望んだわけじゃない。ただ、家族が欲しかっただけだ。貴史が困るって言えば、瑠璃ちゃんきっといいよって言った。俺と、瑠璃ちゃんと、二人で育てたのに」

それとも、薄笑いの仮面を取った、本性剝き出しの、醜い顔を見たのだろうか。

「何を言ってるんだ。そんな事実はない」

「自分がそうだから、瑠璃ちゃんもいつか脅しにくると思った？　そのうち目の前に現れて、『あなたの子だ』って突きつけられるのが嫌だったんだ」

今、俺に向けているのと同じような、冷酷で、残虐な本当の貴史を。

「お前の勝手な妄想だ」

「やさしい人だって言ってた。なんで殺した？」

「黙れ」

「可哀想な生徒の面倒みて、頼られて、好かれて、ご満悦だった？　じゃあそのまま放っといてくれよ。なんで殺すんだよ！」

俺も、瑠璃ちゃんも、今よりほんの少しだけ、幸せになりたかっただけだ。他の誰かより幸せになりたかったわけじゃない。失う哀しみを知っているから、得ることの幸福を大切にしようとしただけだ。

「……人殺し」

「やめろ」

「他にも殺した？　何人？　だから学校から逃げたんだろ？」

「違う」

「何人も陥れて、人まで殺して、それでのうのうと生きてるんだ」

「やめろって！」

「瑠璃ちゃんも、お腹の子も殺しておいて、自分だけ幸せになるなんて許さない。お前なんか、人殺しのくせにっ！」

「うるさいっ！」

ダンッ、と、もの凄い音がしたかと思うと、背中が壁に押しつけられていた。俺の首目がけて押しつけられた肘《ひじ》が、ギリギリと締め上げてくる。

「困るんだよ。妄想だけで、あることないことでっち上げられるのは。だいたいなあ、なんだお前？　うぜえんだよ！」

「ぐ……ぅっ」

俺よりも頭一つ以上大きい貴史が、全体重をかけて俺の首を肘で押し上げる。苦し紛れに貴史の腕を摑んで引き剝がそうとしたが、大きな身体はビクともせず、ますます食い込んでくる。

「お前の姉ちゃんのことなんか知らねえよ。黙れよ」

凶悪な顔をした貴史が、左手で俺の顔を摑んだ。

「だいたいなんでお前があの場所にいたんだよ。なんで来れたんだよ。今回の業者は失敗だったたな。何やってんだよ」

力を緩めないまま、貴史の顔が近づいてくる。まるで睦言《むつごと》でも囁くような仕草で話す声は、凍えるような冷たいものだ。

「ああ、よく見ると、本当似てるよ。お前ら」

俺を見つめる貴史が目を細めた。ゾッとするような笑顔で、力を強めながら囁いている。

「強情な女だったたよ。お前の姉ちゃんも。知りたいか？　教えてやるよ」

クックッと笑いながら、ぴったりと顔を寄せてきた。

「顔と身体はよかったなぁ。お前なんかより、ずっとよかったぞ？」

耳を舐められ、そのおぞましさに反射的に仰け反った顎に、また肘が食い込んだ。

「っぐ……」

「俺も失敗した。妊娠なんかさせなきゃ、もうちょっと楽しめたのにな。何が一人で産むだ。卒業までに腹なんか大きくされたら、俺の立場がなくなるんだよ。結局責任取らされるのはこっちだ。そういうことにも頭が回らない馬鹿な女だったよ。お前とそっくりだな」

押し上げられる腕に圧迫されて、息ができない。空気を取り込もうと開けた口が歪み、舌が飛び出す。

「……ごっ、ぅ……ゲエェッ！」

喉の奥から、自分の声とは思えない音が出た。首に押しつけられた腕を必死に摑もうと藻掻くが、指先が震えてうまく摑めない。

唇を歪めて笑う貴史の顔が霞《かす》んでいく。圧迫され、目が飛び出しそうだ。盛り上がった涙が、大量の涎《よだれ》と一緒に滴り落ち、俺の手を濡らした。

「本当に今回はしくじった。どうすんだよ。ああっ？　どうしてくれんだよ！」

グイグイと腕を押しつけながら叫ぶ声が耳を劈《つんざ》く。

「お前が悪い。なんで今頃になって邪魔するんだよ！　ふざけんなよっ」

髪を摑まれ、顔を持ち上げられた。首に押しつけられた腕が去り、息を吸おうと思う間もなく、ガンッ！　と、壁に頭を打ちつけられた。

「うっ、がっっ、あぁ」

膝が崩れ落ちるのを、頭を摑んだままの腕で持ち上げられて、もう一度打ちつけられた。目を瞑《つむ》って痛みをやり過ごそうとする俺の首に、両手が巻きついてくる。

「お前に俺の何を奪う権利があるんだ。ふざけんなっ。邪魔なんだよ、どっかいけよ、いなくなれよ！」

両手で俺の首を絞めながら、壁に頭を何度も打ちつけられる。抵抗する力を失った俺を見て、貴史が笑った。

「余計なことまで調べやがって。証拠なんかなんもねえだろうが。誰もお前の妄想なんか信じるかよ。いい気味だな。俺を陥れようなんざ、甘いんだよ。ああ？　怖いか？　そんなに姉ちゃんが好きか？　じゃあ行けば？　姉ちゃんところに行けよっ！」

怖い。

嫌だ。死にたくない。

苦しい。

震える指で、必死に貴史に手を伸ばし、助けてくれと、懇願した。

死にたくない。死にたくない。死にたくない。助けて。

「手ぇ煩わせやがって。ああ？　なんで俺がこんな夜中に必死に運転してお前なんかに会いにこなきゃならないんだよ。そんなに俺に会いたかったか？」

伸ばした手が、貴史の顔に辿り着く。貴史は声にならない俺の懇願に、目を細めて笑いながら、力を強めていった。

「これからまた必死こいて戻んなきゃならないんだぞ？　お前のためだけに、時間割いてやってんだぞ？　嬉しいか？」

指が貴史の目に届いた。渾身《こんしん》の力でそこに爪を立てる。

「ぐぁっ」

貴史が叫び声を上げ、顔を背けるのと同時に巻きついていた腕の力が弱まった。立てた爪を食い込ませるようにして、首を振る貴史の顔に食らいついた。

とうとう首から手が離れ、目の前で顔を押さえている貴史から逃れようと、身体を動かす。震える膝を無理やりに動かし、四つん這いのまま、ドアに向かって這いずった。

「……っのやろうっ！」

後ろから髪を摑まれ、もの凄い力で引き上げられ、そのままドアに顔面を叩きつけられた。ガンガンと音を立てながら、何度も打ちつけられる。脱力した頭をもう一度持ち上げられると、ぬるっとした感触のあと、床にポタポタと俺の血が滴った。

「どうすんだよ！　傷がついたじゃねえかっ！」

ブチブチと髪の毛が抜ける音がする。強い力で後ろに引っ張られ、尻餅《しりもち》をつく。逃げようと前に伸ばした首に、シュルっと何かが巻きついてきた。

解こうとしても、指の入る隙間がない。指が滑り、自分のつけたひっかき傷と、締まっていく摩擦で焼けるようだ。

それでも死にたくない、死にたくないと、必死に藻掻いた。

「カ……ッ、……は」

舌が飛び出し、目も痛いほど見開かれる。声も出せない。涙なのか、涎なのか、血なのか分からないもので、顔中が濡れている。

チカチカと、赤黒い染みが目の前に広がっていく。

真っ黒な景色に覆われていきながら、死にたくない、嫌だ、助けてと、出ない声で叫び続けた。

少しずつ見えてくる白いものを、なんだろうと思いながら、次第に視界が開けていくのを感じていた。

細長い蛍光灯が、チカチカと瞬いている。覚えのある光景だ。ずっと昔、俺はやっぱりこうやって目を醒ました。

たぶんここは、病院だ。

ああ、俺は生きているらしい。あの時も目が醒めた瞬間にそう思ったのを覚えている。

麻酔が効いているのか、痛みはまったく感じなかった。だけど指の一本も動かせない。

次第にはっきりと見えてくる天井を見上げながら、俺はまた助かったのだと確信し、安《あん》堵《ど》した。

ある程度の危険は覚悟していた。現にテツローが派遣されてきた。死ぬのも構わないと思っていた。貴史に殺されるなら、それもいいかと思っていた。だが、現実に襲われた時、俺は無様に生き伸びようと藻掻いていた。瑠璃ちゃんのことも頭に浮かばなかった。ただただ死ぬのは嫌だと抵抗した。

結局一番迂闊で、考えの甘かったのは自分だったと、動かない身体のまま苦笑した。

あの状況で助かったことが不思議だった。貴史はどうしただろうかと思いを巡らせてみるが、まるで記憶がない。

それでも今こうして生きていられることが嬉しかった。

事情はおいおい分かってくるだろう。今は、身体の動かないこの現状を受け入れるしかないと考え、ぼんやりと白い天井を眺めていた。

「お？　気がついたか？」

視界の外から聞き覚えのある声がして、首を動かそうとしたが、できなかった。声の主を確認しようと唯一自由のきく目を彷徨《さまよ》わせていると、目の前にテツローの顔が現れた。何か言おうとする前に、テツローが「まだ話すな」と、自分の喉を指さして言った。

「喉、相当な怪我だから」

それを聞いて、了解を示すため、俺はゆっくり瞬《まばた》きをした。

「……あーあー。すげえ顔になっちまったな。男前が台無しだ」

テツローが笑いながら、情けなさそうな、泣き出しそうな、器用な表情をしていた。

訊きたいことがたくさんあった。俺はなぜ助かったのか。あれからどうなったのか。貴史はどうしたのか。

それから、なぜテツローがここにいるのか。

「先生は捕まったよ」

俺の疑問を察したように、テツローが教えてくれた。

俺を救ってくれたのは、隣に住む笹川さんだということだった。

普段あまり部屋にいることのない隣人は、珍しく早くに部屋に帰っていて、寛《くつろ》いでいたのだが、隣から尋常ではない物音を聞いて、何かあったのかと様子を見に来てくれたのだそうだ。

ドア越しに人の争うような物音を聞き、インターフォンを鳴らしたら、突然ドアが開いて、人が飛び出してきたのだという。逃げていく人を追いかけようとする前に、玄関で倒れている俺を見つけ、慌てて通報してくれ、俺は助かったのだそうだ。

逃げた貴史は間もなく捕まった。何食わぬ顔でホテルに戻り、アリバイを作ろうとしたが、先にホテルで待っていた地元の警察に事情を訊かれ、あっさりと認めたのだそうだ。俺の爪には貴史の皮膚がめり込んでいたし、何より貴史自身の顔に、証拠の傷痕が刻まれていた。用意周到な貴史にしては、お粗末な仕事だった。それだけ逆上していたのだろう。

しゃべれるようになったら、警察が来て、事情を訊かれるとも言われた。今も廊下で待機しているらしい。だが、医者の許可が出るまでは、俺のほうは待ってくれると教えてくれた。何しろ一方的な被害者なのだから。今のところは。

あまり警察と関《かか》わり合いたくないテツローは、またな、と言って、どこかへ帰っていった。

俺の最後の疑問は、教えてもらえないままだった。


二週間ほどの入院生活だったが、普段よりも忙しいような毎日だった。

三日目には話せるようにもなり、とりあえず、病室での事情聴取が行われた。

姉の自殺を疑っていたこと。伊勢谷貴史に出逢ったのは、偶然であったこと。姉との関係を隠したまま、それとなく探るために、親しく付き合っていたこと。そして確信したこと。事実を知っていると仄《ほの》めかし、追い詰め、結果こうなったこと。

警察には「無謀なことを」と、眉を顰められた。だが、こうして事件にならなければ、姉はただの自殺だと片づけられていたことを、警察も分かっているのだろう。「とにかく、君だけでも無事でよかった」と最後には言ってくれた。

貴史がどの程度の刑罰を受けるのかは分からない。姉が死んで十二年が経ってしまっている。ここから始まるのだ。

姉や、俺を排除することで守られただろう彼の立場は、永遠に失われた。罪を償い、社会に戻ってきたとして、取り戻すことは二度と叶《かな》わない。

警察から訊かれたことにはできる限り正直に話した。捕まえてみれば、貴史の周りには、不穏な事件が多く起っていたことも、徐々に明るみに出てきているらしかった。

事件の起こる前にも、そういった脅迫めいたことはされなかったかと訊かれ、ないと答えた。貴史が業者に頼んだことを自供したのかもしれないが、そんな人は来なかったと言った。実際、俺は瑠璃ちゃんの法要に出席していたから、あくまであの日、姉の法事で会ったあと、唐突に本人が訪ねてきたのだと主張した。

その前の三日間のことを告げれば、テツローの居場所が分かるかもしれないという誘惑に駆られた。だけど、テツローの仕事は、俺のことを除いても、きっと警察に追及されたくない事柄ばかりだろう。だから、あいつのことが知りたいという思いを、必死に我慢した。

テツローの依頼人は捕まってしまった。証拠の品は処分しただろうか。自分に追及の手が及ぶことを恐れて、どこかで息を潜めているのだろうか。

またな、と言って病室から出ていったテツローは、事件の夜以来、来ることはなかった。

警察がしょっちゅう来ていたし、他の見舞客もひっきりなしに俺の病室を訪れていたからかもしれない。

あの日あんな別れ方をした俺の事件をどこかで知り、最後に様子だけ見に来たのかもしれない。好奇心の強い奴だったから。

忠告を無視した俺が、こんな目に遭って、それみたことかと言いに来ただけだったのかもしれない。お人好しな奴だったから。

職場の人たちも、とっかえひっかえ見舞いに来てくれた。俺の巻き込まれた事件に驚き、心底心配してくれたようだった。

枯れる暇もないほど、病室が花で埋め尽くされた。最近食べに来ないですねと牛丼屋に訊かれ、事件のことを教えたら、仰天されて、早く元気になってくださいと、無料クーポンを託されたと言って同僚が笑った。

伯母も飛んできた。腫れ上がり、形状の変わってしまった俺の顔を見ると、その場で泣き崩れた。初めて悪いことをしてしまったと、自分の無謀さを痛感した瞬間だった。

叔父夫婦と、従兄もやってきた。

相変わらず怒ったような顔をしたまま、叔父が涙を流したのを見て、驚いてしまった。従兄も目を真っ赤に腫らしていた。

「お前がこれほど強く引きずっていたなんて」

いっそ滑稽なほどの強面の叔父が、ほろほろと涙を流す。「もっと、ちゃんと、お前のことを見てやっていれば」と、後悔の言葉を吐き、スーツの袖で、子供のように涙を拭っている。

火事の最中、窓から投げ出され、大怪我を負い、家も親も同時に失った子を、どう扱ったらいいのか分からなかったのだと叔父は言った。

やっかいごとに巻き込まれたという意識を持ったことも否めない。だが、こちらの事情で姉とも引き離され、身も心もボロボロになった甥《おい》を、どうやって慰めてよいのか分からなかったのだと。

心を閉じてしまった俺に苛つきもした。そして俺はそんな叔父たちの苛立ちだけを敏感に感じ取り、ますます自分の殻に籠もっていく。その悪循環の中、今度は姉が逝ってしまった。

腫れ物に触るように遠巻きにしてしまった。突き放したのと同じだった。無理にでもこちらを向かせておけば、こんなことにはならなかったと、後悔を募らせる叔父たちに、どう応えてあげればいいのか言葉が見つからない。

「可哀想な子なんだって、遠慮していた。自分の子供と同じように、引っぱたいてでも無理やりこっちを向かせればよかった。家族なんだから、何を卑屈になっているんだと、叱《しか》ってやればよかった」

嫌われているとばかり思っていた。やっかい者の、お荷物なだけだと思い込み、僻《ひが》み、恨みながら、俺も遠慮していた。そして失ったものばかりを振り返り、差し伸べられた手に、気づくことすらなかったのだ。

ああ、テツロー。本当だな。

周りを見渡し、ちゃんと目を凝らせば、こんなにも人はやさしかったのに。

本当に、大馬鹿なのは、俺のほうだった。

「とにかく、生きていてくれてよかった」

鬼瓦《おにがわら》のような顔で笑う叔父に、心配かけましたと謝ると、「本当だ。この馬鹿野郎！」と怒鳴られた。

「だいたい法事の時も遅れて来ただろう。来たと思ったらあの時も顔が変だった。お前はいったいどんな生活を送っているんだ」

これには本当のことは言えず、転んで唇を切ったと言い訳をすると、案外粗忽《そこつ》者なんだなと従兄に笑われた。

何日か交代で付き添ってくれたあと、叔父たちは帰っていった。俺の部屋まで行って、着替えも運んでくれた。あまりに物がないから、勝手に色々と調達しておいたからと言われた。ちょっと迷惑な気もしたが、少し楽しみな気もした。

通報してくれた隣人にも挨拶に行ってくれたらしい。退院したら、一番にお礼を言いに行けとしつこく説教された。お前はその辺がどうにも信用できないからと、挨拶用に菓子折まで用意された。過保護だった。

台所に残っていたカレーも処分された。

あんなに大量に作って、いったい何日あれを食べ続けるつもりだったのだと訊かれ、笑った顔が、少し歪んだ。

全快とはいかないまでも、どこも骨折のなかった身体は自由に動くようになり、歌舞伎の隈取《くまど》りのようだった顔の痣《あざ》も薄らいだ頃、俺は退院した。

その日は金曜で、明けて月曜から職場に復帰することになっていた。

外に出ると、完全な夏になっていた。蟬時雨《せみしぐれ》が叩くように降ってくる。

薄紙一枚剝いだように、目の前の風景が明るかった。夏の強い日差しのせいなのか、それとも実際に俺の中から、何かが剝がれ落ちたからなのだろうか。

タクシーに乗り、車窓を流れる風景を目で追いながら、さて、これからどうしようかと考えていた。

結局警察からはテツローに関することは追及されなかった。

貴史のほうは、俺に対する殺人未遂罪で起訴された。姉のことについては、これから立件されるらしい。貴史が罪を認め、裁判になれば、残された家族の哀しみなどよそにして、姉の死は事件として公に晒され、解体されていく。俺はそれをただ外側から傍観するしかなくなった。

だけど生きていた頃の瑠璃ちゃんを知っている人たちは、その死が自殺ではなかったことを知ることができた。やさしい姉が、弟を一人残し、命を絶ったのではなかったと安堵し、同時に無理やり奪われたのだという事実に、新しい涙を流した。

どんな真実を知らされても納得することなどできないだろう。叔父が涙を流したように、あの時ああしていればという後悔もきっと一生つきまとうだろう。だけど見つめていかなければならない。目を逸らさずに、真実を見つめ、痛みを抱いたまま、それでも前に進まなければならない。

だって俺は生きているのだから。

身体に醜い火傷を負い、首にはまだ包帯が巻かれている。締められた紐の痕と、自分で掻《か》き毟《むし》った爪の痕。無様な姿で、それでも生きたいと足掻《あが》いた印は、消えることがない。

投げやり仮面と言われた俺が、諦めずに必死に頑張ったんだぞと、テツローに報告したかった。

居所も名字も、テツローという名が本名なのかすら分からない。

砂漠で一粒のダイヤを探すようなものかと考え、あれがダイヤなものかと苦笑する。ちょっと喩《たと》えが恥ずかしすぎた。

とりあえず、奴の言っていた、探偵業という業種を調べてみようと思っていた。

頑固さと執念深さには自信がある。

その執念で、いつか探し出してやろう。探し出して、目の前に現れた俺に、あいつはなんて言うだろう。

こっちだって言いたいことは山ほどある。

それを伝えることができるまで、諦めずに探し続けよう。

何年かかっても。たとえ迷惑だと追い返されても。

「フタ開けてやろーか？」

俺の持参した菓子折りの包装を破り、入っていたフルーツゼリーのカップのフタを開けながら、目の前の男が笑っている。

自分の部屋に着いてすぐ、隣に挨拶に行った。平日だからいないかもと思っていた隣人は、来訪者の名前も訊かずにドアを開け、俺を中に連れ込んだのだ。

そして今、俺の目の前で土産の菓子を頬張っている男の名は、

——笹川徹朗《てつろう》。

隣人だった。

何年かかっても、諦めずに探すんだという俺の決意を見事に踏みにじった男が、暢気にゼリーを食べている。

「……どういうことだ。説明しろ」

「あん？　説明って、見たとおりじゃね？　俺、隣の笹川。よろしく、ってか、引っ越してきたら挨拶に来るのは当然よ？　常識は守ろうね」

非常識の塊に常識を説かれている。この上ない屈辱に、反論したい気持ちをぐっと抑え、質問を繰り返した。

「なんでお前がここにいる？　本物はどうした。本物の笹川さんは！」

「俺がそうだって」

「嘘つけ。まさか、殺したのか？」

「おま、いきなり言うこと怖ぇーよ。本当だって。免許証あるぞ。住民票取りに行くか？マジに俺のほうが先にここに住んでたんだって」

本当に偶然なのだとテツローが力説する。

俺が越してくる前からここに住んでいたテツローは、挨拶に来ない隣人を、最近の若い者はと呆れていたのだとほざいた。

テツローの言うことを信じるなら、なんとこいつは俺より年上の二十七歳なのだという。

「嘘だ」

「嘘じゃねえよ」

「二十二歳と八ヶ月ぐらいだと踏んでいた」

「なんだよその具体的な数字は」

二十歳《はたち》にしてはスれているし、二十五歳にするには軽薄すぎる。第一俺より年上なことが、何より許せない。

「改めて、笹川徹朗でっす。よろ。仕事は人捜しから情報処理まで、色々手がけて、小銭稼いでまっす」

テツロー自身、夜も昼も関係のない生活をしていたから、顔も合わさず過ごせていた。

テツローのところに貴史の依頼がまわってきたのも、本当に偶然で、住所を見れば自分の隣で、なんだあの無礼な隣人のことかと思ったそうだ。

「顔も知らなかったけど、ああ、そういう奴だったかもな、って仕事引き受けた。チョロいだろ？　隣なんだしさ。観察してる間も、自分ちの近所だし、疑われないし。周りチョロチョロしても、お前全然気づかないし」

運命だったな。と、脳天気に笑いながら、ゼリーを食べている。

「で、身体のほうは、良くなったのか？」

「うん。傷は……薄く残るって」

首に手を当てて、説明する。

「そうか」

「でも男だし、襟のあるやつ着てたら分からないだろうって。どっちにしろ、端から傷だらけだから」

笑いながら言ったセリフは、格好つけでも、負け惜しみでもなかった。これは俺が生きようとした証だ。

「そうだな」

顔を上げたテツローが、いつも見せる、ちょっと情けなさそうな、困ったような笑顔を作った。

どうしてこういう顔をするんだろう。その顔をされると、俺はちょっと弱い。人のことを捨て犬オーラがあるなんて言うくせに、今のテツローのほうが、よっぽど放っておけないような気持ちにさせられるのだ。

「……ありがとうな。助けてくれて。感謝してる」

その顔を見つめながら、俺は素直に礼を述べた。あの時テツローが来てくれなければ、俺はきっと今ここに、いられなかっただろう。

いずれ貴史が捕まっても、俺は瑠璃ちゃんの真実を誰にも伝えることができなくなっていた。職場の人たちのやさしさや、叔父たちの気持ちも知ることができないまま、過去だけを見つめ続けて、自分がそうだったように、残された人を泣かせていたことだろう。

「だな。お前は俺にどんなに感謝しても足りないぐらいだ。もっとひれ伏してお礼を述べろ」

ムッとした。

「初めから俺を騙《だま》したな。法事に出れば、先生が来るって分かってて、黙ってたんだよな」

「それは……」

「ああなることを予想して、部屋にビデオだなんだ仕掛けてたんだな」

「ああ。いきなりあそこまでなるとは、俺も思ってなかったけど」

「馬鹿野郎っっ！」

叔父の出したものよりも大きな声だった。

「隣からすげえ音が聞こえて、慌ててお前んとこ行ったら、あの先生がもの凄い勢いで飛び出してって。倒れてるお前見つけた俺が、どんだけ吃驚したか、お前、分かるか？」

「うん。ごめん」

「謝っても足りねえよ！　死んだかと思ったんだぞっ。この野郎！」

「うん」

「お前動かねえし、床、血だらけだし」

「うん。ごめん」

「顔とか……滅茶苦茶《めちゃくちゃ》だし。首、に……」

「ネクタイだったんだってな。苦しくて、死ぬかと思った」

「当たり前だ！　かもじゃなくて、あのままだと死んでたんだよっ！　確実に！」

「そうだな。ごめん」

「先生が捕まったって、お前が犠牲になったら、なんにもなんねえんだよ。そんなことして、お前の姉ちゃんだって、喜ぶわけないだろっ」

「本当、そうだな。ごめん」

叱られるまま、テツローに謝り続けた。

「あの先公。殺してやろうかと思った」

人の発言を怖いと言いながら、自分のほうが物騒なことを言っている。

「救急車呼んで、病院まで一緒に行って、お前が死んだら、俺が殺そうって、決めてた」

恐ろしいほど真剣な表情は、冗談でなく、本当に俺が助からなかったら実行していたことを感じさせた。

「でも助かったから、まあいいやって思って、警察にチクった。部屋から『伊勢谷先生』って聞こえたってな」

それでか、と納得した。

隣人に通報されたあと、逃走した貴史がすぐに捕まったことを、不思議に思っていたのだ。あの時点で、俺を襲う動機を知っている人は誰もいなかったはずだ。

「だからお前は俺に大恩があるわけだ。命の恩人だな。いわばヒーローだな」

「……そうだな」

「お前が今平和にこうやってゼリーなんか食えるのも、俺のお陰だ」

食ってない。

目の前に置かれたゼリーを、俺はまだ一口も食ってなかった。

「ほれ、あーんしてやろーか？」

スプーンを俺に差し出して、馬鹿のように口を開けているテツローは、間違っていると思う。今の場合、あーん、するのは俺のほうで、「あーんしてやる」というのはおかしい表現だ。

「遠慮すんな？　感謝しつつ、召し上がれ？」

大上段に構えて言われると、むくむくと反発心が芽生える自分を、やっかいな性分だなと思いつつも、どうにも我慢ならなくなってきた。

「いらない」

「遠慮すんなって。ほれほれほれほれほれ」

頑として開けない俺の口に、スプーンをムニムニとねじ込んできた。

それでも負けまいと、頑固に口を結んだまま、暢気な顔を睨み続けていると、笑みの形を作った唇が「生きててよかったなぁ」と呟いた。

「マジ、よかったよ。死んじまったら、なんにもなんねえもんな。本当、よかった」

スプーンを口に押しつけたまま、テツローが言った。俺が生きていることが、嬉しくて嬉しくてたまらないのだというその表情に、思わず口元が弛《ゆる》む。その隙間に、ツルン、と赤いゼリーが滑り込んできた。

舌の奥の端っこのほうで、ピリっとした刺激がきた。耳の下、顎の付け根がツンと痛む。

「どした？　喉、痛むか？」

俺が頬を押さえたから、傷が痛んだのかと、テツローが覗き込んできた。

甘さはまだ分からない。

たぶん、これは酸味だ。

あの事件以来、少しずつ味覚を感じるようになってきていた。それこそ薄紙を剝ぐように、少しずつ、少しずつ、取り戻していた。

「……テツロー」

「ん？　なんだ？」

俺の目を覗き込んだまま、テツローが返事をする。

「あの……ごめんな」

言いたいことがあった。

「いつか、お前に酷いこと、言った。あれ、悪かった。ごめんな。俺、お前に……」

たったの三日。だけどその三日間で、分かってしまったことがある。

そんな自分を随分お手軽な奴だなとも思うけど、気づいてしまったのだから仕方がない。

それを伝えたいと思っていた。たとえ時間がかかろうと必ず探し出し、気づかせてくれたテツローに、伝えたかった。

「そうだよ、俺あん時傷ついたんだよ。謝れよ。それなのにお前助けたんだぜ？　すげ、偉いよな、俺ってば、心広すぎ？」

……だけどそれは今じゃないような気がしてきた。っていうか、言わなくてもいいような気さえする。

「で？　俺に何か言いたいわけ？　んん？　聞いてやろーか？　言ってみな」

絶対に言いたくなくなった。

「……お前、上手だな」

「そう？　何が？」

えへら、と笑う顔が嬉しそうだ。

「俺の神経逆撫でするのが」

逆撫でして、揺さぶり、怒らせ、どうしようもなく気持ちを波立たせるのが、本当に上手だ。

「あらら。怒った？」

「うるさい」

「なあ。怒ってるのは俺のほうなんだよ？」

テツローが性懲りもなく俺の口にゼリーを押し込んでくる。

「今なら許してやるって言ってんの。ちゃんと言えたら、許してやる」

何年も揺らぐことのなかった俺の感情を揺り動かし、こんなにも俺はいろんな感情を持っていたのだということを、気づかせてくれた。自分から周りに目を向ければ、たくさんの善意に囲まれていたことを、教えてくれた。

おちゃらけながら、まっすぐに向けられている目が俺を捉《とら》える。

言わなきゃ許してもらえないらしい。恥ずかしくても、腹立たしくても、後回しにしないで言葉にしなければならないのだろう、俺は。

決心して、口を開く。

「あの、さ、俺、テツローが……す」

なかなか言葉が出てこない。たったの一言が、ひどく難しい。

「新しいガス会社か？　流行《はや》らなそうだな」

「テツロー……す……」

「肉の部位か？　しかも硬そうだ。食えねえな」

「黙ってろ。今言う。今言うからっ。お前が茶々入れるから、言いにくくなるんだろ。ふざけんな」

とうとう癇癪《かんしゃく》を起こした俺を、可笑しそうにテツローが見ている。

「言いやすくなるように、してやろーか？」

スプーンの代わりに当てられた唇が、柔らかく俺を噛む。

「お、こっちのゼリーのほうが甘かった。なんだよ、こっち酸っぱいかなって思ってお前にやったのに」

どこまでも自分本位なやつだと抗議をしようとした口を、深く塞がれた。

応えるために背中に回した掌を、シャツの下にあるだろう、鳳凰の羽根を撫でるように滑らせた。

言いやすくなるようにと言ったくせに、合わさった唇は、俺が話そうとする前にまた塞いできて、結局口にできたのは、随分経ってからのことになった。

首輪は、どっちだ

肉か魚かって聞かれたら、迷わず「肉」って答えるが、魚介類も嫌いじゃない。焼き魚も好きだし、刺身だって好きだ。蟹《かに》なんか大好物だし。

だいたいが好き嫌いっつうもんがあんまりない。とんでもなく不味《まず》くなければなんでも美味《おい》しくいただける。グルメを気取って「あれが不味い」の「この味のコントラストがどうのこうの」なんて蘊蓄《うんちく》垂れて、旨《うま》くないっていう理由を並べ立てて、憤慨するような人のほうがよっぽど可哀想《かわいそう》だと思う。食い物だっていう理由だけでなんでも美味しく食べられる俺は、その点でいうと幸せだ。

だから自分のために作ってくれたものにケチをつける気は毛頭ない。何度も言うが、魚介類は嫌いじゃない。貝も好きだ。その中でもサザエは「すごく好き」の部類に入るほうで、コリコリいわせて刺身で食うのもいいし、壺焼《つぼや》きもまた大好きだ。

……だがこれは。

「……えっと。これはなんかの罰ゲーム？」

紺《こん》の用意してくれた食事を前に、俺は一応訊《き》いてみる。

「なんの罰ゲームなんだよ。お前俺に罰せられるようなことをまたやったのか」

紺が睨《にら》んできた。

「してねーし、一回もねえし。またってなんだよ。つか、じゃあこれはいったいなんのつもりだ？」

「だってお前、いつかサザエ食いてえ！　って言ったじゃん。テレビ見てさ」

「ああ、言ったな。それで用意してくれたのか」

「わざわざ俺が用意するかよ。もらったんだよ。土産《みやげ》で。社員旅行の」

「ああ、言ってたな。そういやそんなこと」

　怪我《けが》で入院していた紺は、あれから順調に回復し、無事退院した。休んでいた会社にも復帰して、今は職場の連中とも上手くやっているようだ。

　あの事件がきっかけで、紺にも色々と考えることがあったようで、こいつも大分変わってきた。周りの何もかもから断絶していたような生活をやめ、少しずつ人との距離を測ろうとするようになっている。

　それでもまだ馴《な》れ合いの中に溶け込むほどの柔軟さは培われておらず、自分から飛び込んでいこうという気概も育っていない。

　何年かに一度開催されるという社員旅行に紺は行かなかった。聞けば学生時代も団体でのそういう行事には参加しなかったと言っていた。家族旅行も遠い記憶に残っている程度で、それ以来、誰《だれ》ともどこにも出かけたことはないらしい。

　こいつの過去を思えばそれも納得できる。

背中に派手な刺青《いれずみ》を入れている俺は、もちろん海にも行かないし、公共の浴場も利用できないが、紺も別の意味でそういうところへは行かない。本人曰《いわ》く、その理由をわざわざ言うのも面倒だし、相手に気を遣わせることに自分が気を遣うのがまず面倒なのだそうだ。面倒臭がりの性格だ。まあそれはいい。それも納得だ。

旅行に参加しなかった紺のために、同僚が土産をくれたらしい。それを受け取って、ちゃんと食べようと努力したことは、こいつにとってはかなりの成長なんじゃないかと思う。それを俺に食わせてやろうという心意気も褒めてやろう。

……だがしかし。

「土産をもらったんだな」

「ああ」

「俺がこれを食べたいって言ったのを覚えてたんだよな」

「そうだ。好きなんだろ？」

「ああ。好きだ」

「じゃあよかったじゃないか」

「そんで、壺焼きにしたんだ？」

「そうだよ？　結構大変だった。わざわざネットで焼き方調べたんだぞ。感謝しろ」

「そりゃ偉かったな」

「だから食え。好きなサザエを存分に」

「存分にったたって……だからってなんでそれがカレーの中に入ってんの？　つうか、殻ごと突き刺さってるんですけど」

「お前カレーも好きじゃん」

「好きだけど……これは……いったい……」

「シーフードカレーだ」

違う。つか、できれば別々にしてほしかったんだが。

「そしてお前のカレーにはなんで一個も入っていないんだ？　そのサザエさんがよ」

「だって俺、それ食べたことないもん」

「……そうか。それなら仕方ねえな」

最近味を覚え始めた紺は、食べたことのないものに慎重だ。十年以上も味覚を失っていた舌は、わずかな刺激にも過剰に反応するらしく、時々面白いことになる。

料理をしたことのない紺が唯一作ることのできるのが、俺の教えてやったこのカレーだが、ある日、それがかなり辛いということに気がついたらしい。だからこいつにカレーを作らせると甘くなる。こいつの口はまだお子ちゃまのままだった。

まあ、せっかく作ってくれたものだ。俺はグルメじゃないし、腹も丈夫だ。別々のおかずだと思えばきっと……。好き嫌いがなくて本当によかったと、自分の寛容さを褒めてやりたい俺だった。

黙ってサザエ（殻ごと）入りシーフードカレーを食っている俺の目の前で、紺もプレーンなカレーを食っている。ポクポクと口を動かしている顔は満足そうだ。

自分では無表情だと思い込んでいるらしい紺は、それが最近の悩みらしいが、俺に言わせればそんなこともないと思う。確かに全開の笑顔なんていうのは見せたことはないが、それなりにコロコロとよく変わる表情だ。

ムッとした時なんか、笑ってしまうぐらいに分かりやすい。感情のメーターの振り幅が「怒」のほうに振れやすいのは本人も自覚しているところだが、だからこそ、それが反対方向に振れた時には、結構クルものがある。今幸せそうにカレーを頬張《ほおば》っている顔なんか見ると、てめ、そういう顔をよそに見せんなよ、って言いたくなるくらいにちょっと、こう、捨て犬オーラが全開って感じだ。

それでこっちを見て「旨いか？」なんて、不安そうに窺《うかが》ってきたりなんかされたら、もうどんなゲテモノ料理でも完食してみせるっつうぐらい、なんつーの？　可愛《かわい》いっつうの？　向かい合ってカレー食ってる場合じゃねえだろ、ちょっとこっち来い、お前を先に食ってやるっ！　なんていう気分にさせられるのだが、たぶんそれを口にすると、本人を食う前にカレーが皿ごと飛んでくると思われたので、黙って紺の作ってくれた食事を食べるのだった。

俺の隣人であり恋人の紺は、暴力的で横柄で、ストーカー行為を得意とする、可愛い奴なのだ。

「……何笑ってんだよ」

ニヤニヤしながらカレーを頬張っている俺に、紺が低い声で訊いてくる。俺が何をやっても食ってかかろうとする、そんなこいつが可愛いと思う俺も大概だが。

「ん？　別に。うめえなあって思って」

「そりゃよかった」

「愛情たっぷりのカレー」

「そんなものは入っていない」

「んで、どこ行ってきたんだって？　社員旅行」

「千葉。房総《ぼうそう》だって」

「ああ。なるほど。それでサザエか」

「前は伊豆《いず》だったって言ってた。でもだんだん近場になっていったらしい。飲むのがメインだから、場所なんか関係ないみたいだ。だったらわざわざ電車乗って遠くに行かなくてもいいのにな」

「まあ、みんなでどっか行くのがいいんだろうよ」

「そんなもんか？」

「そんなもんだ。親睦深めるっつうの？　お前も次には参加しろよ」

「あー、そうだな」

「棒読みの返事だな」

先にサザエをやっつけながら会話する。

「テツローも明日どっか行くんだろ？」

「ああ。北関東のほう」

雇い主に頼まれて、ちょっとした小遣い稼ぎに出かける予定だ。

「明日天候荒れるってよ。電車止まるかもな。帰ってこれるのか？」

「ああ。一応日帰りのつもりだけど」

「無理すんなよ」

「何？　心配してくれてんの？」

俺の声に紺の眉《まゆ》がキュッと寄った。分かりやすく照れている。

「誰が心配するか」

「ふうん」

「……なんだよ。ふざけんな」

「照れんなよ。かーわいい」

「死ねばいいのに」

「ひでーな」

「ま、お前は相当迂闊《うかつ》な奴だからな。せいぜい怪我なんかしないように用心しろ」

「どっちがだ」

「俺は慎重な男だ」

「迂闊な行動でうっかり殺されそうになってたのは誰だよ」

「俺だな」

今日も平和な会話が続く。

先にカレーを食べ終わり、後片づけをしに台所に立っていると、紺が自分の皿を運んできた。

相変わらず殺風景な部屋だったが、それでも初めて俺がここを訪れた時よりは生活感が出てきている。コンロにはヤカンが置かれ、冷蔵庫の中にも多少の食材が入っている。

電子レンジの横に置かれた小さなコーヒーメーカーは俺専用だ。紺はコーヒーがあまり好きじゃない。牛乳をたっぷり入れても苦いらしい。味覚が子供の頃から育っていない紺の舌は、苦さや辛さがまだとても苦手だ。

それなのに、インスタントではないコーヒーを入れるために用意されたそれが、ちょこんと置いてある。

「俺が飲まなくてもどうせテツローが毎日飲むんだろ。そのうち俺もコーヒーが旨いって思うかもしれないし」とかなんとか、ズラズラと言い訳をしながらこれを買ってきた時のこいつの顔ったらなかった。

　言っていることとやっていることと、その表情のちぐはぐぶりがやたらと分かりやすくて笑う俺を、これもまた分かりやすい態度で噛《か》みついてきた紺だった。


「……なんでお前が一緒に入ってくるんだよ」

　狭いシングルベッドに無理やり入り込んだ俺に紺が悪態をつく。

「狭いんだよ。自分の部屋へ帰れ」

「まあまあ、どうせ隣同士なんだし、同じだろ？　いわばここは俺の部屋みたいなもんだし」

「違うだろ。ふざけんな。帰れ」

「いやだね」

「しかもなんで脱いでいる？」

「そりゃお前、やることやらねえと、駄目じゃん？」

「駄目なのはお前だ。今すぐ服を着ろ」

「明日電車止まったら帰ってこれないかもしれねえだろ？　だからさ」

「その『だから』の意味が分からないな」

「だから今のうちにだな、確かめ合っておこうぜ、愛を」

「うるさい」

いつまでも生意気を言っている口を塞《ふさ》いでやった。

「……っ、ん」

これまた強情に食いしばっている唇に舌を這《は》わせてその合せ目をなぞる。

「入れろよ。口開けろって」

「ひやらぇ」

「このやろ」

鼻を噛んでやった。それでも強情に唇を結んでいる。軽く噛み痕《あと》のついた鼻を舐《な》め、上唇も甘噛みする。

「……ふ、……っ」

噛んでは舐め、吸いつき、また軽く噛む。犬のように舌を這わせてペロペロ舐めてやると、やっと諦《あきら》めたように力が抜け、わずかにできた隙間《すきま》に滑り込んだ。

顔を傾け、奥深くまで入り込み、紺の中を味わう。濡《ぬ》れた中は柔らかく温かく——甘い。

「……ブドウ味」

紺の使っている歯磨き粉は子供用だ。ある日突然自分の使っている歯磨き粉が相当辛いことに気がついた。「……かぁい」と、痺《しび》れた舌で呂律《ろれつ》の回らないまま口からダラダラと零《こぼ》していた時の顔は傑作だった。ピーチ、オレンジと色々な味の子供用歯磨き粉を試し、今はこのブドウ味に落ち着いているようだ。

「今度はイチゴ味にしてみるか？　俺、イチゴ好きなんだよ」

甘いキスに笑いながら俺が言うと、紺はムッとしながらも蕩《とろ》けたような、不思議な顔つきをして俺を睨んだ。

「今度はゴーヤ味にしてやる」

「それは凄《すげ》ぇな。つか、お前ゴーヤ食えないと思うぞ？　自分で苦手な味にしてどうするんだよ」

「嫌がらせのためなら苦労も辞さない」

「そりゃ楽しみだね」

ブドウの甘さを味わい尽くし、たぶん俺の口の中も甘くなっている。その甘い唇から離れ、首筋に下りていく俺の頭を、紺が抱えた。

顎《あご》の下に潜り込み、今は薄くなった傷痕を唇でなぞる。ぐるりと首に巻きつくように引かれた線は、上昇する体温で赤身を少し増している。生きようと藻掻《もが》いた証拠のこれを、紺は恥じることなく俺に晒《さら》す。迂闊で面倒臭がりで、大胆な上、詰めの甘いこいつの、それでも強いと思うところだ。

ちょいきつめに吸いつくと、赤い線の上にもう一つ赤い水玉ができた。

「首飾りみたいだな。いっそ模様にするか」

線に沿って水玉模様をつけ始めた俺に「やめとけよ」と言いながら、本気で嫌がっていないのが分かる。こいつが本気で嫌がる時の暴れようは了承済みだ。抵抗しないのをいいことに、三つ、四つと水玉を増やしていった。

五つめの水玉をつけようとした時、「そろそろいい加減にしろよ」と髪を摑《つか》まれた。容赦ない力で引っ張られ、負けじと吸いつく。

「……おい」

離れない頭を今度は引っぱたかれた。

「……ってーな」

「やめろって言ってんだよ」

「んでも、バランス悪いじゃん。反対側にもつけねーと」

模様のついていない側に顔を埋めると、また髪を摑まれた。

「いい加減に……っ……」

また引っぱたかれる前に唇を塞ぎ、そうしながら藻掻いている足の間に自分の身体《からだ》を割り込ませた。足を広げるように腰を入れ、Tシャツの裾《すそ》をたくし上げる。口を塞いだまま、シャツの下に潜り込ませた指で胸の尖《とが》りを弾《はじ》くと、ピクン、と紺の身体が跳ねた。

「……ふ、……っ、ぅ……ん」

鼻から息が漏れ、上がった顎の下に唇を滑らせて、性懲りもなく印をつけてやった。

体重をかけて動きを封じ、たくし上げたシャツを首から抜く。身体を起こし、感触の違う肌を掌《てのひら》で撫《な》でた。サラサラの白い肌と、ツルツルで赤黒い色をしたそれを、両方の掌でゆっくりと円を描くように撫でていく。

小さい頃に負ったという火傷《やけど》の痕と首に残る赤い筋と、俺が今つけた水玉模様を載せた身体が横たわっている。

「派手な模様だな」

「テツローほどじゃないよ」

からかうような俺の声にも紺は動じず、自分から腕を伸ばしてきた。

それを取り、指にキスをして俺の首に回してやる。身体にある模様をなぞるようにしながら、背中に回った紺の掌に、俺も撫でられた。

俺の鳳凰《ほうおう》をこいつが気に入っているのを知っている。俺も紺のこの感触の違う肌がお気に入りだ。紺もたぶん、それを知っている。

引き攣《つ》れて、ちょっとだけひしゃげた形をしている左側の乳首にそっと舌を乗せた。

「……ぅ」

そうしながら綺麗《きれい》なピンク色をしているこっち側も指で摘《つま》み、舌と同じ動きで可愛がる。

「ん……ん、……ん」

枕《まくら》に顔を押しつけるようにして紺が声を堪《こら》えている。その様子を観察しながら差し出した舌先をさらに動かし、同時に指で捏《こ》ねるように動かしていった。

「……こっちとこっち、どっちが気持ちいいんだ？」

素朴な疑問を投げかけるが、今は返事ができないらしい。強情に喉《のど》を絞り、必死に声を我慢している様子が可愛らしくて、もっと苛《いじ》めたくなる。

「なあ？　どっち？」

「……うる……さいっ……っ！」

俺の軽口も、こいつの悪態もいつもの遊戯みたいなものだから、全然気にならない。大きく口を開けて乳首に吸いつき、引き攣れながらも健気《けなげ》に尖っていく先端をなおも可愛がってやる。

「やっぱこっちな？　つか今まであんまり触られたことねえんだろ」

先生とどんなセックスをしていたのかは、こいつの今の反応を見ていれば想像がつく。その前の経験は知らないが、それほど素晴らしいものではなかったと踏んでいる。快感に翻弄《ほんろう》されながら戸惑っている様子が分かるからだ。

強情で、いつでも冷静を装っているようなこいつを、少しずつでも解いているのが自分だという実感がまた俺を興奮させる。口を結び、喉を絞っている紺が、我慢しきれなくなっていつ俺に取りすがってくるのかと想像すると、口端が弛《ゆる》んでくる。

執拗《しつよう》に胸を可愛がられ、口を閉じたままでいるのがつらくなってきたらしい紺が、俺の首から離した手を自分の口元へ持っていった。肘《ひじ》を押しつけ、なおも我慢をしている。

口と指で胸を弄《いじ》り、割り入れた腰を押しつけて下半身も刺激してやる。スウェット越しの紺の中心が俺のそこに当たり、お互いに興奮したモノを擦《こす》り合わせるようにして揺らした。

「……っ、は……ぁ……」

押さえた腕の隙間からため息が漏れ出す。身体はすでに陥落寸前なのに未《いま》だに何を守ろうとしているのか、強く押しつけた肘の下では眉間《みけん》に皺《しわ》が寄っている。

そんな紺を見下ろしながら、今度は直截《ちょくさい》な刺激を与えてやる。布の上からそこを撫で、浮き上がった形を確かめるようにゆっくりと擦った。

素直に足を開き、身体をビクつかせながら撫でられているくせに、両腕で顔を覆い、まだ耐えている。まったく強情すぎて可愛い。顔を覆っている腕を引き剥《は》がして押さえつけ、無理やり声を引き出すこともできるが、こっちもそれをぐっと我慢する。あくまでも紺のほうから解けていくのを待つ俺ってば、すげえ気が長くねえ？　なんて思いながら、それが楽しい。

はっきりと形を示しているスウェットの、先端部分が濡れている。染みを広げるように指先でクリクリと回すと、腰が跳ね、「はぁ、ぁ、ん」と、やっと可愛らしい声が聞こえた。

俺の指の動きについてくるように腰が浮き上がる。

「テツ、ロ……」

腕の下から紺が俺を呼んだ。

「どした？　ん？」

紺の口元に耳を寄せ、話を聞いてやる。

「……ぁ」

布越しのソレを摑み、ゆるゆると上下させると、紺の肘がとうとう顔から離れた。パタリとシーツに腕が落ちると同時に、現れた口元にキスを落とす。さっきとは違い、紺は自ら口を開いて俺を迎え入れた。

「ん、……ん」

差し出した舌に絡まり、欲しがるように吸ってくる。それに応《こた》えながら、俺もスウェットの中に手を入れて、すでに濡れそぼったソレを空気に晒してやった。

「ぁっ……ぅ、ん」

小さく鳴いて、紺が仰《の》け反る。

指先で触れるそこは、ヌルヌルとした蜜《みつ》で濡れていた。

「準備万端だな」

「……う、るさ、……っあ」

握り込んで上下させたら反論が途切れた。

「あ、あ、あ」

「一回イっとくか？」

下着と一緒にスウェットをずり下げると、紺は素直に腰を浮かせた。

「フェラしてやろーか？」

枕の下に仕込んでおいた潤滑剤を取り出して訊いたら、紺が険悪な顔をして足を閉じた。

「あれ？　どした？」

「お前、いつの間にそんなものを」

キャップを取り、中身を掌に垂らしている俺を睨みつけてくる。

「ん？　お前が歯ぁ磨いてる時だけど？」

「油断も隙もないな」

「いーじゃん別に。ここでベッド下りてわざわざゼリー取りに行ったりとか、ムードぶち壊しだろ。こういうことは用意周到にして、すらっとスマートにだな。ほら、足開け」

「……すでにぶち壊れているけどな」

声は怒っているが、俺がもう一度足の間に身体を割り込ませると、案外簡単にそこは開いた。

「フェラしながら後ろを解《ほぐ》してやる。一石二鳥だろ？　お前は気持ちいいし、俺もすぐにできるし」

「お前という奴は」

まだ何か不満を漏らしているようだったが、構わず紺の足の間に顔を埋めた。

「おいっ……ひ、……ぁ」

カプっと一口噛んだら悲鳴のあとにおとなしくなった。チロチロと鈴口を舐めると、囀《さえず》るような声が聞こえてきた。そのまま呑《の》み込んで、顔を動かしながら舌を絡ませる。

チュ、ポっと音が鳴り、それよりも大きなため息が上でしている。

「ハァ……ぁあ、ぅ……ん、ぁ」

俺の動きに合わせて腰がうねる。開いた足が自らさらに開いていく。腿《もも》を撫で、持ち上げながら顔を動かし続けた。

「んん、んん……ぁ、ん」

快楽に翻弄され、完全に油断している紺の後ろに指を這わせ、ツプリと侵入させた。

「あっ、あっ」

一瞬硬直した身体は、すぐに俺の指を受け入れて、招くように中が収縮していく。深く差し込みながら、紺のペニスも喉奥まで呑み込み、両方同時に刺激を与える。抜き差しに

合わせて顔を上下させ、舌先で可愛がり、紺のイイところを突いてやった。

「はぁぁ……ハ、んん、んんんぅーっ」

我慢を忘れた声がほとばしり、腰がいやらしく揺れ始める。

指を増やし、バラバラに動かしながら前にも吸いつく。

「あっ、ん、ぅあ、は、ぁ、あ」

限界が近づいてきた紺の腕が俺の頭を摑み、撫で回している。こうしてほしいと訴える手に合わせ、顔を動かし、一気に追い上げてやった。

はぐらかせて長く楽しめる方法も知っているが、今は好きなようにイカせてやりたい。素直に快感を貪《むさぼ》っているこいつの思うとおりにしてやりたいと思う。

「テツロ……も、ぅ……っ、あっ、あっ、ああっ……っ……っ」

身体が硬直し、紺の腰が浮いた。内側を刺激しながら強く吸いつき、絡めた舌先で促すと、呆気《あっけ》ないほど簡単に陥落した。

「あぁあぁぁ……っ」

口の中で膨張したものが一気に弾ける。口腔《こうこう》に広がる青臭い味を感じながら、ジュルジュルと音を立て、なおも吸いつき、飲んでやる。

「ん、ん、……んぁ」

しゃぶりながら後ろに入れた指を動かし、萎《な》えるのを阻止する。俺の動きに合わせて腰を揺らめかせ、次の準備がすぐにも始まっていく。

「ぁ、あ……っ、んん、う、ぁ」

本人は否定をしているが、紺の身体はかなり快感に従順だ。三本目の指をあっさりと受け入れ、なおも欲しがるように襞《ひだ》をヒクつかせ、もっともっととねだってくる。

全部を飲み尽くし、大きく差し出した舌で下から上へと撫で上げる。ヒクン、と跳ねた紺の屹立《きつりつ》は、萎えることなく俺の舌に育てられ、また新しい愛液を零し始めた。

「テツロ……テツロー……」

ここまでくればもう先に行くだけだ。紺の呼ぶ声に応え、口を離して身体を起こし、その顔を見つめた。目を合わせた紺がまた俺の頭を抱いてくる。素直に身体を差し出しながら、紺に抱かれる。

差し入れた三本の指を乱暴に左右に振り、中をかき混ぜると紺が俺を抱いたまま仰け反り、大きなため息をついた。前の刺激がなくなってもそこは膨張したまま、俺の指の動きと一緒にヒクヒクと揺れている。

「こーんちゃん、元気だな」

「うるさい、馬鹿」

首っ玉に摑まったままの紺に睨まれた。

「そろそろ入れようと思うんだが」

「……好きにしろよ」

気丈な声に笑ってキスを落とした。

「たまには可愛く『お願い、入れて』とか言わねえか？」

「死んでも言わないな」

「そっか。ま、言わなくても入れるけど」

そんな会話を交わしながら、やはり枕元に仕込んでおいたコンドームを取り出して用意にかかる。紺も今度は何も言わずに俺の準備が整うのを待っていた。

「では。お邪魔しまーす」

先端をそこにあてがい、グイ、といきなり全部を突き入れた。

「……っは、ぁあああぁぁあ」

俺の首にぶら下がった紺が背中を浮かし、大きく仰け反る。顔の脇《わき》についた両腕を突っ張り、紺をぶら下げたまま腰を揺らす。柔らかく溶けた中が吸いつくように絡まってきた。

膝裏を摑んで激しく腰を送る。俺の首に摑まったまま完全に浮き上がった身体が揺れ、グジュグジュと卑猥《ひわい》な音を立てていた。

「あ、あ、ああっ、……っ、ぅん、ん、んんん――っ」

跳ねるように揺れていた紺のペニスからまた白濁が溢《あふ》れ出た。突き入れに押し出されるように勢いよく飛び出すそれを眺めながら、さらに打ちつける。

イク瞬間に強く締めつけられて持っていかれそうになるのを堪え、今度はゆっくりと抽挿を繰り返す。二度射精をしても紺の中心は萎えず、まだ欲しいと訴えてくる。

「……どした？　今日はノリノリじゃん」

いつにも増して貪欲《どんよく》な様子を見せる紺に訊くが、口がきけないらしく、喘《あえ》ぐような吐息が漏れるだけだ。口よりもよほど素直に反応を示す身体を抱き込み、ぴったりと深く、紺の中に収まった。

「あぁぁあん」

泣き声と嬌声《きょうせい》とが混じったような音がし、摑まれた首に指が食い込む。深く突き入れたまま腰を揺らし、回すようにしてやると、今度は子供がぐずるような高い音が聞こえた。

「……本当、どうした？　ん？」

巻きついてくる腕に自分を差し出しながら、欲しがるまま与え続ける。答えはやはり聞くことはできず、その代わりに唇が寄ってきて、俺はまた甘いブドウ味の中に入っていった。

案の上帰りの電車が遅れた。

天気予報は大当たりで、台風の接近で足止めを食い、やっと動き出したのは予定時刻の二時間後だった。

動いてしまえば順調だったが、今度は東京に着いてからの足が乱れているという。こりゃあおとなしく地方に泊まり、明日の出立にすればよかったと後悔するが、動き出した電車を降りるわけにもいかず、ただ黙って運ばれていくしかない状況だった。

今回の仕事は簡単なものだ。

離婚した片割れが、慰謝料も子供の養育費の支払いもバックレて、呼び出しても出てこないのに喝を入れ、滞納分を取り立て、その後の支払いを約束する念書を取るというものだった。サインをさせようが脅して泣かせようが、いずれまた同じことになる可能性は高いが、とりあえずの即効性はある。

泣きつかれ、言い訳をし、たまには逆ギレする者もいるが、今回は手こずることもなく、穏便にことが済んだ。銀行の窓口までついていき、支払いを済ませ、念書を取ることにも成功した。まったく、支払い能力があるなら俺を派遣させる前にやっておけよと毎回思うが、ここまでしないと動かない人間が多いことも確かだった。

そんな簡単な小遣い稼ぎで報酬もたかが知れていたから、わざわざ宿を取ることもないと日帰りを決めていた。実際天候さえこうでなければ、今頃家に帰ってビールの一本も開けていたことだろう。

紺には一応メールを入れ、電車に乗ったところまでは告げていた。東京は大荒れで、落雷によって電車が止まっていることをそこで聞いた。着くまでに復旧していればいいがと思うだけだ。

走る電車の外はすでに真っ暗だ。都市部を離れ、広がる田畑の向こうにポツポツと浮かぶ明かりを数えながら、窓に映る自分の顔を見つけ、その惚《ほう》けたような表情に苦笑が漏れた。

日帰りでとか。笑える。

そんならしくもない行動を起こすから、天候が荒れたのかも、なんて考えてみる。

簡単な仕事だろうが、報酬が少なかろうが、こんなふうに仕事をやっつけてまっすぐに帰ることなんかなかったのだ。そう、ほんの少し前までは。

だいたいが、真面目《まじめ》に学校に通い、真面目に就職をし、同じ場所に毎日毎日判で押したように通うのが嫌でこんな仕事に就いている俺じゃないか。ダイヤが乱れて家や職場に行けずに、駅に人が溢れている光景をテレビから眺め、ご苦労なこったと笑っていた。帰れないなら適当に泊まりゃいいし、動けないなら諦めればいい。ずっとそんな生活をしてきたのだ。

時間や人に縛られるのが好きじゃない。自由を気取ってフラフラとその日暮らしを楽しんでいた。

今住んでいる部屋だって、住所を置いているだけで、あまり寄りつくこともなかったのだ。紺が隣人である俺の顔を知らなかったのも、本当のことを言えば当然なのだ。

何かあった時、つまりは警察に引っ張られたとか、ややこしいことに巻き込まれた時に、住所不定になるのを避けるためだけに借りていた部屋だ。

普段は雇い主の事務所にいることが多く、機材が揃《そろ》っている向こうのほうが何かと便利なのだ。食べ物同様、俺は寝る場所にも拘《こだわ》らない。

それが今、ぼんやりと窓を見つめ、帰れるだろうかなんて考えている。

マジ笑える話だ。

急いで帰ったところであいつが涙を流して喜んでくれるはずもない。例の無表情で「あ、帰ってきたんだ。ご苦労さん」なんて言われるのが関の山だ。

それでも早く帰ってやらねえと、なんて考えている辺りがまず不思議だ。

「……だってなあ、放っておけねえんだもんよ」

頬杖をついて惚けた顔を映している窓に向かって、そう小さく呟《つぶや》いた。


やっと辿《たど》りついた東京は大嵐《おおあらし》だった。

あちこちで電車は止まり、動いていても徐行運転。バスやタクシー乗り場には行列ができ、地下鉄すら入場制限されている有様だった。

「どうすっかなあ」

ここまで来てどこかに泊まるというのも馬鹿らしい。それに駅付近の安宿はすでに満杯だろう。とりあえず長丁場になる覚悟を決め、おとなしく駅構内で動きを待つ。日本の電車は優秀で、足止めを食った乗客のために駅を開放し、終電の時間を過ぎても稼働していた。

深夜を過ぎ、嵐も収まりやっと人が動き始めた。その波に乗り、自分もようやく帰路に就く。

タクシーでマンション前に降りたのは、すでに夜中の二時を回った時刻だった。

紺の部屋の前を通り過ぎるが、さすがにもう寝ているだろうと訪ねるのはやめにした。俺と違い、紺は朝から仕事がある。

おとなしく自分の部屋に帰り、着替えをしていると、ドアチャイムが鳴った。ドアを開けると、紺が立っていた。

「よう。起きてたのか。つか、心配して待ってた？」

「寝てたよ。誰が」

「あらま、そうか」

こんな時間まで待っていてくれたのかと勇んで訊いたら、そんな返事がきた。

「……音がしたから」

それでも俺が帰ってきた気配を察して、わざわざ訪ねてきたものらしい。

「入れよ」

ドアを大きく開いて招き入れ、玄関に素直に入ってきた紺は、だけど「いや、もう寝る。明日仕事だから」と、部屋には上がってこなかった。

「そっか」

「うん」

「起こして悪かったな」

顔が見られたことが嬉《うれ》しく、こうして訪ねてきたことがまた嬉しくて、撫でてやった頭は湿っていた。

「髪、濡れてんぞ」

「そうか？　まだ乾いてないのかも」

「物ぐさだな。ちゃんと乾かせよ。朝、面倒だろうが」

「いいんだよ」

指に触れる髪は冷たく、だけど内側は乾いている。濡れているのは髪の表面だけだった。

差し入れた指を動かし空気を送り、乾かすようにして撫でてやる。

初めはおとなしく撫でられていた紺だったが、そのうちしつこく触り続ける俺の手を摑んできた。

「なんだよ」

「うざい」

「ひでーな」

「手……怪我したのか？」

　摑んだ俺の手を見た紺が訊いてきて、俺も自分の手を見る。手の甲に確かに擦り傷ができていた。

「あれ？　本当だ」

　身に覚えもなかったし、痛みも感じなかったから気づかなかった。

「どっかぶつけたのか？　俺」

「知らないよ。俺に訊くな」

　傷を押してみるが、痛みはない。

「あー。たぶんドアにちょろっと挟んだ時にぶつけたのかも」

　今日の仕事相手の家を訪ねた時、そういえばドアを閉められそうになり、とっさに足と手を挟んだことを思い出した。それ以上相手も抵抗することもなかったし、こんなことは珍しくもなく、もっと危ない目にもしょっちゅう遭っているから頭の隅にも残らなかったのだ。

「やっぱり迂闊だな」

「お前に言われたかねーな」

「そういうことをやっていると、知らないうちに命を落とすぞ。気がつくと死んでるんだ、お前みたいな奴は」

「ひでーな。俺だって死ぬ時ぐらいは気がつくよ」

「どうだかな」

「あ、イテテ、なんか痛くなってきた」

「嘘《うそ》をつくな」

「本当だって。ちょっと舐めてよ」

「なんでだよ」

「犬のように」

「ふざけんな」

痛くもない手の甲の傷に、紺の爪《つめ》が食い込んだ。

「いてっ！　マジ痛ぇよっ！　今ので本当に怪我しただろ」

「いいざまだ」

掴まれた腕を振りほどき、紺の爪の痕がついた手を擦っていたら、「じゃあ、俺は寝る」と出ていこうとした背中を抱いた。

「俺は寝るんだよ」

「お休みのキスぐらいしてもいいんじゃね？」

「ああ？」

剣呑《けんのん》な声を出している紺の身体を無理やりひっくり返し、顔を近づけた。

チュ、と音を立てて吸いついてから、もう一度押しつける。

表面だけ湿った髪に指を差し入れ引き寄せると、思いの外素直に紺の身体がついてきた。

傾けた顔と顔を合わせ、お休みのキスを交わした。

冷たかった髪は俺の掌の体温で温まり、舌先で触れる口腔も温かく、相変わらず甘い。

抱きしめた身体からわずかに雨の匂《にお》いがする。入り込んだ紺の口の中は、イチゴの味がした。


今度は本当に怪我をした。

といっても、腕を五針ほど縫っただけだけど。

出張先の沖縄で紺にそのことを告げ、大袈裟《おおげさ》に泣き言を言っている俺だが、紺の態度は冷たかった。

「今度はマジだよ。ほんと、痛いんだって！」

『ああ、そりゃ気の毒だったたな』

声の向こう側は相変わらずシンとしていて、テレビの音も何もしない。人の気配なんか当然するはずもなく、一人で部屋にいる紺に沖縄のホテルから電話をしている。

「だからシロートに刃物持たすと危ねえっつうんだよ」

今回の仕事も簡単なもののはずだった。単なる借金の取り立てで、しかも俺はその逃げた相手の居場所を突き止め、身辺を調査するところまでだった。取り立て自体は別の人間が請け負うことになっている。いわゆるそれ専門の業者だ。俺はそいつに情報を渡し、案内し、巻き上げた金を依頼主に返すという簡単なお仕事のはずだった。逃げた場所が沖縄だと分かった時点で、美味しい仕事だと思ったぐらいだ。

旅行気分で紺を誘ったが、仕事を持つあいつが当然承諾するはずもなく、今回は日帰りできる仕事内容でもなく、仕方なく一人でやってきたわけだが。

「俺もヤキが回ったな」

数日かけて相手方の身辺を洗い、バックにヤバイ連中がついていないことも分かっていた。ことは順調に運び、仕事自体はスムーズに終わった。

『まったく迂闊な奴だな』

怪我を負ったのは実はその仕事のあとのことで、紺が言うとおりにまったく迂闊なことに、仕事終わりに一杯ひっかけていて、くだらない喧嘩《けんか》に巻き込まれてしまったのだ。

「うるせーよ」

紺にはそのことは言っていない。言ったらなんて言われるか、想像がつくからだ。借金取りの仕事に沖縄まで来て、その相手にやられたようなことを言っていた。変なプライドが頭を擡《もた》げ、怪我の経緯は適当な嘘をつき、同情だけしてもらいたい俺だった。

　これより危ない仕事なんかこれまでだってごまんとやってきた。こんなものより酷《ひど》い怪我を負ったこともあるが、まったく仕事とは関係のないところで、酔っぱらいのくだらない喧嘩に巻き込まれ、縫うほどの怪我をしてしまったことが悔しく、不甲斐《ふがい》なかった。

「俺だってへこんでんだよ」

『でも、たいしたことないんだろ？』

「ああ、まあな。これぐらいはしょっちゅうだし、マジ今回は俺の不徳の致すところだ」

『その使い方は間違っている。不徳の致すところっていうのは、普段は清廉潔白な人間が使う言葉だ。お前にそれを言う資格はない』

　怪我をしてへこんでいるところへ塩をすり込むようなことを言う。

「もうちょっとやさしい言い方してくれてもいいんじゃねえ？　痛ぇんだよ、傷も、心も」

『命を落とさなくてよかったじゃないか。それで、仕事は終わったのか？』

「ああ、んー、まあな」

『じゃあ、明日帰ってくるのか？』

「あー、うーん。どうすっかなあって。ほら、怪我しちまったし、ちょっとこっちの人に世話になっちまったし」

こんな怪我ぐらいで警察の世話になるのはまっぴらで、仕方なく地元の友人に面倒をみてもらった。痛くもない腹を無理やりかき回して痛くするのが警察の手口だと知っている俺は、たとえ被害者だとしても、その世話になりたくはないのだ。

「明日帰る予定だったけど、明後日《あさって》にするわ」

『そうか』

「お前が来るってんなら週末まで待つぜ? こっちは暖かいし、お前来たことねえんだろ」

『だから行けないって言ってんだろ。俺が沖縄なんかに行ってどうするんだよ』

「まあなあ。青い海、青い空、って、これほどお前に似合わないものもないな!」

『分かってるんなら誘うなよ。大丈夫だ。テツロー、お前にも充分似合ってないから』

「ひでーな」

分かってはいても、一応誘ってみたのは、紺がこういったところへ来たことがないことを知っていたからだ。刺青を入れた俺と、身体に派手な模様を持つ紺が海で遊ぶことなんかあり得ないが、それでもこの海の色を見せてやりたいな、とか、この綺麗な青色を目撃した紺が、自分と瑠璃《るり》ちゃんの名前の由来を持つ海の色を見て、どんな顔をするのか、とか、それを隣で眺めるのも楽しいんじゃないかなー、とか、ちょっと思ってみただけだ。

『俺は行かない』

「わーかってるよ」

たいしたことのない怪我でも怪我は怪我で、俺も少しは弱っているのかもしれない。そんなことを思いながら、紺のいつもの調子の声に、俺も無理やり明るい声を出した。

「土産はゴーヤにするわ」

『ゴーヤ……』

「ゴーヤ歯磨きっていうのもあったら、な」

『いらない』

でも、いつもの調子で話しているうちに、気が晴れてきた。紺の不機嫌そうな声に答え、ハハ、と声を上げて笑った。

「じゃな。明後日には帰るから」

『……テツロー……』

電話の向こうは相変わらずシンとしている。

「うん？」

『気をつけてな』

「ああ。おとなしく待ってるんだぞ。帰ったらそっちへすぐに行くから。そして会えなかった分存分に愛を確かめ合おうぜ」

『ふざけんな』

「気絶するぐらいに可愛がってやっからな。そりゃもうグッチョングッチョンに……」

……電話が唐突に切れた。


ホテルのベッドで横になり、することもなくテレビを観ていたら、ドアがノックされた。

ドアを開けると、こっちで世話になった昔のツレが立っていた。名前を修二《しゅうじ》という。

「よう。どうだ？　怪我の調子は」

気安く入ってきたそいつに紙袋を手渡される。

「抗生物質。飲んどけ」

「ああ。ありがとう」

言われたとおりに紙袋から白い粒を取り出し、冷蔵庫から出してきた水で飲んだ。

「まったくなあ。怪我なんかしてんじゃねえよ」

「おい。元はといえばお前のせいだろうが」

俺の声に修二はニヤッと笑った。

「……相変わらず邪悪な笑みだな」

黙って涼しい顔をしていれば、十人中十人が振り返るほどの美形だが、中身が相当危ないことは誰もが周知の事実だった。

学生時代に連《つる》んでいた修二は、ここ沖縄に今住んでいる。こっちの水が合っているのか、あの頃よりはだいぶ落ち着いたように見えた友人だが、中身はさっぱり変わっていなかった。

俺も相当いい加減なことをしてきたが、こいつの滅茶苦茶《めちゃくちゃ》加減は狂気の沙汰《さた》だった。己の欲望を達成するためなら人の命も辞さない、紺とはまた別の意味で危ない奴だ。

見た目が派手な修二は、どこへ行っても注目を浴びる。男女問わず声をかけられるのはしょっちゅうで、それは昔も今も変わっていない。そしてそんな時の態度も変わらなかった。

女と間違えられれば毒を吐き、男だと分かっていて声をかけられれば唾《つば》を吐く。紺の悪態が可愛らしいと感じられるのは、この修二の辛辣《しんらつ》な態度に慣れていたからだとも言えるし、おせっかいな自分の性格も、こいつの危ない言動を見守っていた期間が長かったからかもしれない。

出張先で仕事を無事に終え、久しぶりのツレに連絡を取り、一緒に飲んだ。その結果がこのざまだった。

「お前と関《かか》わると相変わらずロクなことにならないな」

「まあ、そう言うなよ。医者紹介してやっただろ？　薬だってほら」

「怪我をしたのもお前のせいだけどな！」

　酔っぱらってナンパしてきた奴なんか、適当にあしらえばいいものを、こいつときたら売られてもいないのに喧嘩を買って出た。見るからにヤンキーなあんちゃんに気軽に肩に手を置かれた修二は、いきなり持っていたグラスをそいつに投げつけたのだ。これで乱闘にならないわけがない。

　表に出ろと促されて一緒に表に出ざるを得なかった。お前のツレはとんでもねえなと罵《ののし》られ、まったくそのとおりなのだが、こうなってしまったら応戦するしかなくなった。

　いや、止めたんだ、俺としては。だが、俺のへらへらした態度に相手がますます逆上してしまった。昔からそうだった。俺と修二のコンビは、修二が火を点《つ》け俺が油を注ぐといった役割分担で、この因果関係だけはどうしようもないと言えた。

　そして収まりのつかなくなった相手の男が切りつけてきたのだ。とっさに庇《かば》った腕を切られ、俺は五針縫う怪我を負い、修二は無傷のまま店から持ち出したアイスピックで相手を撃退した。相手が多少なりとも喧嘩慣れしていてよかったと思う。そうでなければ修二の危なさに気がつかず、意地を張って、下手すりゃ俺よりも酷い怪我を負っていたかもしれない。

「お前もさあ、もう二十八にもなるんだからさ、ちょっとは落ち着けよ」

俺の説教に修二はどこ吹く風で笑っている。ケ、と言われた。

「ほら、久しぶりにお前の顔が見れたからさ、嬉しくなって、つい、な」

「嬉しくなって、つい喧嘩を始める馬鹿がいるか」

「ここにいるだろ」

なんら悪びれることのない悪友だ。

「どれ、見せてみろ」

「ん？　これ？」

包帯で巻かれた腕を修二の前に突きつける。

「馬鹿野郎っ！　誰がお前の縫った傷なんか見るか！」

鬼の形相で怒鳴られた。

「おとなしく脱げって言ってんだよっ！　グズグズすんな、……剝《む》くぞ」

何を？　とは恐ろしくて聞けない。つか、こいつなら本気で身体の皮を全部剝きかねないから、おとなしく着ているものを脱いでいった。

「後ろを向け」

上半身裸になり、これも言うことを聞く。

「……ああ」

色っぽいため息が聞こえ、修二が俺の背中を撫でてきた。

「逢《あ》いたかった……」

撫で回していた手がジーンズにかかる。腰から尻《しり》半分までずり下ろされたそこに、修二が頬ずりをし始めた。

「……おい」

「傑作だな、やっぱり。この発色。我ながら天才だと思うよ。ああ、素晴らしい」

肩、背中、腰と、自分で彫った刺青の出来を確かめながら褒め称《たた》えている。

俺は一応高校までを卒業し、修二は中途でリタイアした。その頃付き合っていた彫り師に影響されて自分もそうなり、今は沖縄で商売をしている。本土よりもこっちのほうが需要が多いらしい。

「最近でっかいのを彫ることがなくてさ。やっぱりいいなあ、こういうの」

「そうなのか？　んでも忙しいって言ってたじゃん。観光客も多いし、基地もあるし」

「そうなんだけどよ。今の流行はこういう絵より、ワンポイントとか、あと外国の客は漢字入れてくれってのがほとんどなんだよ」

「ふうん」

「意味も知らねえで、字面が格好いいからってお前、二の腕に『台所用品』って入れてくれって言うんだぜ？」

「あははは。そりゃ傑作だな」

「まあ、仕事があるのはありがたいけど」

修二が説明しながら、自分の作品を愛《め》でている。

「おら、もういいだろ」

さわさわと撫で回されて、相手が修二でも変な気分になる。そろそろやめてくれと訴えるが、修二は「もうちょっと、ちょ、ちょっとだけ、あ、舐めさせて」と、今度は舌を這わせてきた。

「ぅおいっ！　この変態！　やめろって！」

こいつのこの舌はやばい。それを知っているから慌てて飛び退《すさ》った。

長い舌を差し出したままの修二がニヤリ、と笑った。悪魔のように。

「もっと味わわせろ。久しぶりに会ったんだから」

「おめえの興味は俺の背中にしかないのか」

「あれ？　前のほうにも興味を示してほしい？」

戯《おど》けたように言い、修二が目を眇《すが》める。舌は出したままだ。

「だーれが」

ボスン、とベッドに腰を落とし、持っていた水を飲み干した。

「いいぜ。あっちも久しぶりに楽しむか？」

座っている俺の上に乗り上げて、ずり落ちたジーンズに手をかけ、さらに下ろそうとしている。

「……おい」

「お前、これ好きだろ？」

笑った口からまた舌を出す。

大きく差し出した舌の真ん中にはピアスが嵌《は》め込まれている。これがとんでもなく人を駄目にすることを、嫌というほど知っていた。

「怪我させた詫《わ》びってことでさ」

「どんな詫びだよ」

「まあまあまあまあ」

今度は身体をずり下げながら、ジッパーを外してきた。取り出したイチモツに、奴が舌を這わせてくる。先端に当てられ、ザラリと表面で舐めたあと、包むように這わされた。柔らかい感触の真ん中に嵌められた丸いピアスが当たり、コロコロとそれが転がる。

「ん……っ！」

顎が跳ね上がり、声が出る。休む間もなくジュボっと音を立てて吸い込まれた。

激しく動かしたかと思うと、今度は口を離し、長く差し出したまま茎に沿ってピアスの部分を当てながら、ゆっくりと舐め上げてきた。

「ぅ……っ、ぁ」

壮絶な舌技と、仕込まれたピアスの刺激に思わず持っていかれそうになる。昔馴染《なじ》みは俺の何もかもを知っている。どうすれば俺が喜び、どう扱えば陥落するのか、すべて知っているのだ。

「修二……」

蠢《うごめ》く舌先に翻弄される。こいつからもたらされる快楽の記憶が蘇《よみがえ》り、溺《おぼ》れそうになる。

名前を呼ばれた修二の目が笑う。ゆっくりと動く頭に手を置き、柔らかい髪に指を差し入れた。

その温かい髪に触れながら、不意に紺の髪の感触を思い出した。

あの嵐の夜、帰ってきた俺の気配にわざわざ起きてきたと言った、紺の髪は湿っていた。表面だけが濡れた髪は、今俺の指に触れるものよりもずっと冷たかった。

「修二、ちょ、タンマ」

たぶんあれは、外の雨に晒されて濡れていたのだ。眠っていたなんて本当は嘘で、あいつは俺の帰りを待ち、ベランダに出ていたんじゃないかと、あの時に思った。

濡れた冷たい髪、別れ際に味わったイチゴ味。身体からは仄《ほの》かに雨の匂いがした。

「修二、離れろ」

差し入れた指に力を籠《こ》め、頭を摑んで引き剝がした。

「なんだよ」

無理やり頭を起こされた修二が俺を見つめる。

「今さら遠慮する仲でもないだろ？」

「うん。まあ、そうなんだけど。悪ぃ、やめとくわ」

こいつに愛情めいたものを抱いた時期もあったのかもしれないが、遠い昔の話だ。それよりも先に肉欲に溺れ、ただただ貪り合った記憶しかない。暇だといってはお互いを慰め、飲みに行くのと同じ感覚でセックスを楽しんだ。学校が分かれ、別々の住《す》み処《か》を見つけても、たまに会えばこうしていた。こいつとしては挨拶《あいさつ》と同じようなもので、それは俺も同じだった。今までは。

「ちょっとさ、なんつーか、その、こういうの、マズイんだわ、俺」

「なんだ、恋人か？」

「ああ、まあ、そんなようなもん」

「んなもん黙ってりゃ分かりゃしねえって」

「そうなんだけどよ」

貞操を守るとか、操を立てるとか、そんな殊勝な考えを持ってはいない。けど、怪我をした経緯を格好悪いからという理由で適当な嘘をついても、ここでのことを隠すための、後ろめたい嘘はつきたくないと思った。

「マジで。ヤバイんだわ」

電話口で最後に「気をつけて」と言っていた。気をつけて帰ってこいと、紺は言ったのだ。

そうやって俺の帰りを待つあいつに、言えないような秘密を作りたくない。

「なんだよ。つまんねえの」

「悪ぃ」

脱がされかけたジーンズを引き上げ、イチモツをしまい込んでいる俺の前で修二が仰向けになった。

「なに？　今付き合ってる奴、そんなにおっかねえの？」

「まあ、なあ。恐《こわ》いっちゃ恐いな」

「ふうん。嫉妬《しっと》深いってか？」

「さあ？　どうだろう。嫉妬深いかどうかは知らねえけど、執念深いのは確かだな」

「なんだそれ」

「あいつがどうのこうのってんじゃないんだよ。これは俺の問題」

「ふうん」

興味もなさそうな声を出し、「こっち見んな」と言われた。

「やらせてもらえないなら表じゃなく背中を見せろ。あっちを向け」

「……やっぱり俺の刺青にしか興味がないんじゃないか」

「んなことねえよ」

そう言いながら、素直に背中を向けた俺の鳳凰を、寝転がったまま指でなぞっている。

「本当、綺麗に入ってんなあ。お前、瘦《や》せたり太ったりすんなよ」

「知らねえな。つかさ、お前ちょっともう出ていってくんねえか」

「なんでだよ。つれないこと言うなよ」

無理やりジーンズにしまい込んだものがきつくて、つらい。

「一人になりてえんだよ！」

俺の切羽詰まった様子を見て取った修二が、また例の悪魔のような笑みを浮かべた。

「あ、れえ？　きつそうじゃん。手伝おうか？」

「いいです」

「見ててやんぜ」

「それも結構なので、あっち行けよ」

「どうせ始末するんだろ？　それなら俺の手を借りたって一緒じゃん？」

「……そうかな？」

「舌も貸すぜ？」

丸め込まれそうになっている俺だった。

「いや、いやいやいや。やめとく。危ねえな」

俺のセリフに修二は声を立てて笑い、ようやくベッドから下りてくれた。

「ホテルにずっといんのも暇だろ。外に飯食いに行こうぜ」

「ああ。あとでな。お前、今度は喧嘩すんなよ」

「失敬だな。今度はおとなしくしてるよ。夜また電話する」

軽い約束はすぐに破られることになるわけだが、早くこいつをここから追い出してしまいたい俺は、とにかくうんうんと頷《うなず》くしかなく、そして電話で呼び出された先で、またしても喧嘩に巻き込まれ、今度は顎にパンチを喰《く》らう羽目になるのだった。


チョロい仕事だったはずの沖縄で、仕事とは全然関係のないところで腕と顎に負傷し、早々に帰ってきた。

あと一日長く滞在していたら、もう一つ傷を増やしかねない。まったくとんだ出張だった。

「なんであんなに自暴自棄なんだよ……」

彫り師としての仕事は順調らしいし、顧客の信頼も厚いようだ。昔から贅沢《ぜいたく》を好むような性格ではなかったから、生活自体はごくシンプルな修二だ。前から危ない奴ではあったが、その壊れぶりが半端なくなっている。あれだけ暴れておいて、自分が怪我を負わないのは、たぶん、命を落としても構わないという修二の気概が相手を怯《ひる》ませ、側《そば》にいる連中に庇われてしまうせいだろう。今回の俺のように。

「そのうちお前、命落とすぞ……」

別れの際の俺の言葉に、あいつは相変わらず笑っていた。

「しかし俺ってば、大人になったもんだよなあ」

修二の誘いに乗らなかった俺は、とんでもなく聖人だったと思う。あの舌技の凄さを知っているだけに、実に断腸の思いだった。

「だからって紺に舌ピアスさせるわけにもいかねえしなあ」

だいたい紺はフェラが苦手だ。人のイチモツを一口舐めて、「不味すぎる。死ぬ」とぬかしやがった。今度紺の好きなアイスクリームでも塗ってみるか。いや、それじゃあ俺が冷たい。生クリームか？　ジャムとか。

馬鹿なことを考えてニヤニヤしているうちに、俺を乗せた飛行機が降下を始めていた。

俺が明日帰ると思っているあいつは油断していることだろう。昼過ぎの今、紺はまだ働いている時刻だ。残業でもない限り、毎日判で押したように帰ってくるのは変わらない。今日は俺が夕飯を作って待っていてやろうと考えて、近づいてくる下界の景色を飽きもせずに眺めていた。

空港から電車を乗り継いで、自分の住み処に帰ってきたのは夕方の少し前だった。紺はまだ帰ってきていないだろうと、自分の部屋にまっすぐに戻る。

荷物を置き、一息ついたところでふと、隣の部屋に人の気配があることに気がついた。建物の壁はそれほど厚くない。話し声やテレビの音なんかは聞こえなくても、誰かがそこにいれば分かるぐらいには薄かった。

「あれ？」

時計を見ると、まだ五時前だった。今まで紺がこの時間に仕事から帰っていたことはない。とすると、早退したか、会社を休んだということになる。

ガタゴトと何かを引きずり、パタンと戸を閉める音がする。玄関のドアとは違う、あれはクローゼットの扉を閉める音だ。

ひっきりなしに動き回っているような気配に、不穏な空気を感じる。物ぐさの紺は、俺といる時でも忙しく動き回るなんてことはあまりない。休みを利用して、これからやってくる冬に向けての準備でもしているのかと考えてみるが、あいつのワードローブの貧困さも知っている俺だ。

いったい、何をやっているんだろう。

知らず、忍び足になった。得体の知れない不安と不審が、俺にそんな行動を取らせた。長年の勘というべきものだったのかもしれない。俺が部屋にいるとは思っていない紺が、それを知ったらどうするのか。

音を立てないように部屋から出て、隣にある紺の部屋の前に立った。

ここからは中の様子は分からない。しばらくそこに佇《たたず》んだあと、俺はドアチャイムを押した。

「……はい」

「俺だけど」

ドア越しの紺が、シンとしている。

やがて、ガチャリと鍵《かぎ》が鳴り、静かにドアが開いた。

「テツロー」

「ただいま」

「明日帰ってくるんじゃなかったのか？」

「ああ、うん。やっぱり今日にした。お前こそどうしたんだ？」

開かれたドアの内側と外側で、そんな会話が交わされた。

「入れてくんねーの？」

俺の声に、紺は諦めたようにため息をつき、俺を置いてさっさと部屋に戻っていく。俺も黙ってそれに続いた。

いつもと変わらない殺風景なワンルームの部屋。

いつもと違うのは、そこに段ボールの箱が置いてあることだった。

なぜ、やっぱり、と思ってしまったのか。

理由は知らない。だけど、狭い部屋に広げられた段ボール箱を見て、俺はやっぱりと、思っていた。

口が開いたままの段ボール箱が一つ、それからすでに梱包《こんぽう》が済み、ガムテープで閉じられている箱が三つ。台所はもともと物が少なかったが、今は何も置かれていない。備え付けの冷蔵庫とレンジがあるだけで、食器もコップもしまわれている。俺用のコーヒーメーカーもなくなっていた。

まとめた荷物は衣替えのためでも、模様替えのためでもない。

「何してんの?」

口を開けた段ボール箱の中は、衣類と生活用品が乱雑に放り込まれ、ぐさぐさのゴチャゴチャだった。頓着《とんちゃく》のない性格は、こういうところにも表れているが、それにしても脈絡のない放り込み方はたぶん、急いでいたのだろうと思われた。

段ボール箱の横にはもう一つ、スーツケースが開いたまま置いてある。

「ああ……うん」

部屋に散らばった荷物を眺め、紺が返事を探して途方に暮れている。

「引っ越し……って感じでもないな」

乱雑に入れられた荷物。とりあえずの物を入れようとしているスーツケース。

長年の勘が言う。

これは引っ越しではない。要するに――夜逃げの準備だ。

「何やってんの？」

荷物を見つめたまま、紺は答えない。

俺は明日帰ると告げていた。そして紺は、今日のうちにここから出ていこうとしている。

「なんで？」

目は冷静に目の前の光景を分析しているのに、頭は混乱していた。

何が起こっているのかが分からない。

「なあ、紺、何があったんだ？」

「別に、何も」

「ふうん……って、俺が納得するわけねえだろうが！」

俺の激しい怒声にも紺は動じる様子はない。涼しい顔をしたまま立っている。ちょっとやそっとの脅しでこいつがビビるタマじゃないことぐらい分かっている。だけど、これはあんまりじゃないか？

約束どおり俺が明日帰っていたらどうなっていたんだろう。何もかもがなくなった空っぽの部屋で、馬鹿みたいに立ち尽くしている自分の姿が想像できた。それを考えると、どうしても怒りが抑えられない。

「説明しろよ！　何があったんだよ」

「特に、何も」

「んなわけねえだろっ」

石のような無表情のまま、紺が突っ立っている。

「……ちょっと待て。なんだ？　どうなってんだ」

紺は立ったままそこから動かず、俺のほうを見ようともしない。ただただ途方に暮れたように散らばった荷物を見ているだけだ。

冷静になれと自分に言い聞かせる。いったい何が起こっているのか。

「とりあえず、出よう。俺の部屋に来い」

動かない紺の腕を強引に摑み、部屋から出た。

冷静になろうと努めても、この部屋の光景を前にして、とてもそんな状態ではいられないと思った。

腕を引っ張る俺に、紺も黙ってついてくる。

帰ってきたばかりの自分の部屋に戻り、とりあえずベッドに腰を下ろした。紺はどこにも座らず、俺の前に突っ立ったままだった。

今ここから逃げようという気はないらしいというのを確認した俺は、紺から手を離し、それを自分の顔に持っていった。ゆっくりと頬を擦り、知らず、大きなため息が漏れた。紺は逃げようとしている。何から？　と考えると、俺からだとしか考えられなかった。だってそうじゃなきゃ、こんなに急ぐはずがない。

じゃあ、なぜ俺から逃げる？

心当たりがまるでない。二人は上手くいっていたはずだ。喧嘩をしても、それはじゃれ合いのようなもので、二人の間に決定的な亀裂が入った自覚なんかこれっぽっちもない。お互いの部屋を行き来し、一緒に飯を食べ、狭いベッドで一緒に寝ていた。仕事で遠出をする以外はほとんど二人で過ごしていて、紺に不満があったとは思えなかった。

昨日の電話でだって、何も感じることはなかった。いつもの軽口をきき、気をつけて帰ってこいよと言っていたじゃないか。少なくともあの時までは何もなかったはずだ。それとも俺が紺の変化に何も気づいていなかったというのか。

「……あ」

思い当たる節があるとすれば……。

「まさか……」

ただ一つ、思い当たることがあるとすれば、昨日の修二との出来事だ。

だが、紺がそれを知っているはずがない。普通なら。

待てよ、と思い、戦慄《せんりつ》する。

そうだ。こいつの特技はストーキングだった。まさかこいつ、俺の荷物のどこかに何か仕込んで、俺の行動を探ったんじゃないか？

考えたくはない。考えたくはないが、今思い当たることといえば、本当にそれしかないのだ。

「もしかして、紺？」

「なんだ」

「お前、俺の荷物に盗聴器かなんかつけた？」

紺が無表情のまま俺を見つめてくる。

「いや。つけてないけど」

「……そうか」

そうだとありがたい。つか、盗聴器をつけていたんなら、俺の身の潔白も証明できているはずだ。ちょっと流されそうになったけど、俺はちゃんと身を守ったのだから。

「なんだ？　盗聴されたら困るようなことでもあったのか？」

完全に藪《やぶ》をつついてしまったようだ。

「あっちで何かやらかしたのか？　テツロー」

「いや、いやいやいや。なんもねえよ」

「あっちに友達がいるって言ってたよな。その人と会ったんだろ？」

……やっぱり盗聴器？　勘で言っているのだとすれば、鋭すぎる。

「あ、いや」

「連絡取るって言ってた。俺にも会わせてみたいとか言ってたよな」

「そうだっけ？」

「言ったよ。会ったんだろ？」

「会ったけど。別に疑われるようなことは……してねえよ」

「ふうん。どうだかね」

「本当だって」

「別に。どっちでもいいよ。なんかあってもなくても」

投げやりな声で紺が言った。

「……なんだよ。どっちでもいいってのはよ」

「どうでもいいんだよ。テツローがどこ行っていい思いしようが、誰と楽しく過ごそうが、そういうのはいいんだ」

「それはなにか？　俺がどこで浮気しようが、誰と寝ようがいいってことか？」

「ああ。そうだな」

「それは……ひでーな」

「俺はそういう奴だ」

ああ、そうだった。こいつはそういう奴だった。静かに立っている紺を見つめ、動かない表情を凝視する。

「……で？　どうでもいいならなんで急いでこっから逃げていこうとしてるんだ？　そっちの答えはまだ聞いてねえぞ」

「別に逃げてなんか……」

「そうだろうが」

所在なく立っている紺の腕をもう一度掴んだ。

「説明しろ」

掴まれた紺が、俺の包帯の巻かれた腕をちらりと見て、目を逸《そ》らした。

辛抱強く紺が口を開くのを待った。

そうだった。こいつが嘘つきなのだということを、俺は思い出していた。

その言葉に騙《だま》され、傷つき、この手を離し、そのあとどんなことになったのか。

ちょっとやそっとの説明じゃ納得しないぞと、掴んだ腕に力を籠めた。

「……別に。ただ嫌になっただけだ」

「何が？　俺がか？」

「そうだよ」

「ふうん。そんで俺がいない間にトンズラしようとしたんだ」

「そうだ。面倒が起こるのが嫌だったから」

騙されるなと自分に言い聞かせる。嘘つきの紺の、本当の理由を絶対に吐かせてやる。

「こっから逃げたってしょうがねえだろ。黙っていなくなっても、俺はそういうのを捜すのが専門だぜ？　職場だって知ってるし、実家だって知ってるんだから」

「そうだな。迂闊だった」

表情を動かさないまま、そう答える紺を見て、まさか、と思う。

「お前まさか……会社も辞めたんじゃねえだろうな」

紺は答えない。

「……嘘だろ？　マジで？」

これにはさすがに驚いた。

「おい。本当に会社辞めちまったのか？」

「……まだ。明日辞表を出そうと思ってる」

「お前、無茶すぎるよ」

「うるさい。放っておけ」

「放っておけるわけないだろ。なんでそこまでする必要があるんだよ」

「嫌なんだよ。とにかく」

人がいない隙に荷物をまとめ、夜逃げ同然に出ていこうとする。仕事を辞めてまで俺から離れたいという。だけどそこまでして嫌われる理由が本当に分からなかった。こいつの中でいったい何が起こったのか。その理由を聞かなければ、こんなのは到底納得できない。

「紺。嫌だ、離れたいって言う、その理由をちゃんと聞かせろ。つか、そこまで乱暴にことを進める意味が分かんねえよ」

「だからただ、色々なことが面倒になっただけだよ」

「紺」

「嫌なものは嫌なんだよ！」

癇癪《かんしゃく》を起こしたように紺が叫んだ。

「もう嫌だ。……だから嫌だったんだ。人と関わり合いなんか持ちたくない。誰とも関係なんか持ちたくなかったんだ！」

「紺」

「お前なんか、お前なんか……っ！」

「紺！」

俺を見つめている紺の顔がぐしゃりと歪《ゆが》む。

腕を摑んでいる手が痺れてきた。摑まれた紺もたぶん、痺れているだろう。だけど俺は手を離さずに、紺の名前を呼び続けた。

「紺。ちゃんと言え」

「だってお前……お前なんか……」

「うん。俺なんか、どうした？」

「だって……お前、……死ぬじゃないか」

「……あ？」

「だってお前！　死ぬだろっ？」

強い目で睨まれ、死ぬんだろうと糾弾されて、「そりゃまあ、いずれはな」と答えるしかない。

「ほらな。お前なんか、死ぬじゃないか！」

「おい」

「お前みたいな迂闊な奴は、すぐに死ぬんだよ」

「ちょ、ちょっと」

「危ないことにほいほい首突っ込んで、どっかで刺されたりして、帰ってこないって思ってたら、知らない土地で無様にのたれ死にしてたりするんだよ」

「ひでーな」

「絶対にそうなる」

「断言かよ」

確固たる自信を持ってお前は死ぬのだと断言されて、絶句してしまった。

「事件に巻き込まれなくても、お前みたいにヘラヘラしてる奴は、うっかり車に跳ねられたりするし、ビルの倒壊に遭うかもしれないし、トンネルの崩落に遭うかもしれないし、飛行機が落ちることだってあるだろ」

不吉な事故をあげつらって、紺が俺の死を予言する。

「するとなにか？　お前は俺が死ぬから別れたいっていうのか」

「そうだよ」

「こんな夜逃げみたいな真似《まね》をして、会社辞めてまで離れようとしてんのか？　俺が死ぬから」

「そうだよ。見たくないもん。お前の死体なんか」

「まあ、俺もそんなもんになりたくないけど」

「それで、今日みたいに帰ってこなくなる……」

「帰ってきただろうが」

「俺は帰ってこないお前を待って、何年もしつこく捜すだろ」

人の話を聞いていない。俺が帰ってこないことが決定事項になっている。

「それで何年かかっても絶対に見つけるんだ。俺はそういうの得意だから」

「ああ、まあな、ストーキングはお前の得意とするところだからな」

「嫌なんだよ。そういうの……もう……嫌なんだよ」

俺に腕を摑まれたまま、紺が呟く。その手を引っ張り、ベッドに紺を座らせた。抵抗なく俺の隣に腰を下ろした紺が、包帯の巻かれた腕を見た。

「切られたんだろ」

「ああ。うん。でもたいしたことない」

「何針縫ったんだ？」

「五針」

紺の眉がキュっと寄る。

「でも平気だ」

「平気じゃないだろ。痛ぇ、痛ぇって騒いでたくせに」

「それは……」

ちょっと甘えてみただけだ。

「腕だからよかったけど、首だったらどうするんだ？　頸動脈《けいどうみゃく》切りつけられたら血が飛び散るんだぞ。出血多量で死ぬんだからな」

真顔で不吉なことをまた言い募る。

「死ぬのは痛いし……恐いんだぞ」

「お前は経験済みだもんな」

ふ、と口元を弛めた紺が、恥ずかしそうに笑った。

「うん……」

子供の頃の火事と、先生に襲われて、紺は二度死の恐怖を味わっている。両親を失い、瑠璃ちゃんを奪われ、一人生き残った。死ぬのは恐い。残されるのは哀しい。そして今度はその恐怖を俺に重ね、また置いていかれる不安に怯《おび》えていたのだ。

「誰とも関わりたくない。何も持ちたくない」

嵐の晩、帰りが遅くなった俺を待ち、こいつはどんな気持ちで髪を濡らしたまま立っていたのか。

遠い沖縄で怪我をしたと告げられ、それをどんな気持ちで聞いていたのか。

「だって、持ったら重いもの。それで、重いのに慣れた挙句に、急にそれがなくなったら、俺……どうすんだよ」

俺を見上げた紺が困ったように、笑った。

「帰ってくることを知ってたら、待つだろ？　遅いと、ちょっと……心配になるし。でも、どこにいるのか知らなければ、そういうことを考えることもないかなって……思って」

いっそ側にいることをやめれば心配をすることもない。帰ってこないのを待つこともしなくていい。

飄々《ひょうひょう》と人に悪態をつきながら、不安を募らせ、俺が沖縄で怪我をしたと聞き、その不安が頂点に達したのか。

「しかしお前も、なんつーか……」

今までのこいつの経験してきたことを考えれば仕方がないとはいえ、その極端な論理に言葉がない。

それにしても……なんつーか、なんて言ったらいいのか。

俺の顔を見ていた紺が、ムッと口を尖らせた。

「……やっかいな奴だと思ってんだろ」

正解だ。こんなやっかいな男も珍しいと思う。

「俺もそう思う。だから、俺を行かせてくれ」

「それはできねーな」

「こんな面倒臭い奴なんかとは別れて、お前はお前に見合ったもっとチャランポランな人と幸せになったらいい」

「お前、失礼すぎるぞ」

「その沖縄の友達でもいいし、誰でも。テツローが生きてるんなら」

生きてさえいればどうでもいいと言う。浮気も別れも、俺が死んでしまうことに比べれば、どうってことないと言っているのだ。

「あのさあ、紺」

掴んでいた腕の力を抜き、もう片方の腕を紺の肩に回した。

「絶対ってのは約束できねーし、お前が言うように、人間何があるか分かんねぇけどよ」

掌でゆっくりと宥《なだ》めるように紺の腕を摩《さす》り、言葉を探しながら語りかける。

「なるべく注意すっから。怪我もしないように、用心するし」

「そんなのは……」

「仕事のほうもさ、今のボスには世話になってるから、すぐにってのは無理だけど。だいたい俺の専門はそっち系じゃないし、本来は別部門なんだし」

身体を使う仕事は危険手当がつくから、小遣い稼ぎのつもりで引き受けていたものだ。

「仕事、俺も考えるよ。こう、もうちょっと真っ当な感じのを探してみる。だから猶予っていうか、もう少し時間かけねえか？」

人にも時間にも縛られるのは御免だった。飯にも寝る場所にも頓着はない。金が要《い》る時に稼ぎ、やりたくないことはしない。それが自由だと思っていた。

だけど、そんな気ままな生活をやめ、窮屈なことになったとしてもしょうがないかと思うぐらいには、俺はこいつのことが心配で、可愛くて——好きなのだ。

「テツロー、でも……」

こいつの不安がそう簡単に拭《ぬぐ》えないのは承知の上で、それでもやっぱり俺は、紺の側にいてやりたいと思う。

「遠出する時は、必ず連絡入れるし。遅くなったら一時間おきにメールするし」

どこの愛妻家かよとも思うが、紺が不安がるならそうしてやる。

「事故も怪我も気をつける。絶対に、帰ってこないなんてことはしないから。だから、俺と一緒にいようぜ」

「今絶対は約束できないって言ったくせに、絶対帰ってこないことないとか言ったぞ」

「あれ？　そうか？」

「お前いい加減なことを言うな」

この期に及んで揚げ足取りだけは忘れない紺だった。

「紺」

名前を呼び、引き寄せる。

「絶対になんてあり得ない」

「だな」

いい加減な俺の返事に不機嫌そうに眉を寄せ、それでも近づく俺の唇に、紺も近づいてきて、そっと合わさってくる。甘い香り。紺の唇は、今日もイチゴの味がした。

「今度はバナナ味にしてみるか？」

笑って言っている俺に、紺が気丈に睨んできた。

「お前、できもしない約束をヘラヘラすんなよ。真っ当な仕事って、背中に鳳凰背負った奴に簡単に見つけられるほど、世の中甘くないんだよ」

「だよなあ。なあ、引っ越すならついでにどっかもっと広い部屋借りねえ？」

「そして話を逸らすな」

「隣同士ってのも刺激があって楽しいけど」

「俺は楽しくない」

「いまいち不便なんだよなあ」

「おい。人の話を聞け」

「ベッドはキングサイズにしようぜ。広いベッドでお前を自由に泳がせてやる。魚のように、存分にな」

「何言ってんの？　馬鹿なの？　俺はお前と住むなんて一言も言っていないぞ」

「オール電化ってのもいいな。火、使わないのはお前も安心だろ。台所用品をもっと充実させないとな。だいたいお前は持ち物が貧困すぎだ」

「余計なお世話だ。ものを持つのが嫌なんだよ」

「荷物が少ねえからすぐに逃げたくなるんだよ」

　狭いワンルームに転がっていた段ボール箱がたったの四つ。面倒な持ち物を増やすのは俺だって苦手だが、それにしたって寂しすぎるじゃないか。

「部屋借りて、家具揃えて、二人で楽しく暮らそ？　面白可笑《おか》しく」

俺の言葉に反論しようとしているイチゴ味の唇に、すかさずキスをし、それを封じる。

「荷物増やして、ちゃんと生活整えて、お前はそこから会社に通え。俺も適当に仕事見つけて、そっから通って、お前の帰りを待ったり、待っててもらったり」

二人してドッカリと根を下ろし、二人で生活をしていけばいい。段ボール箱が十も二十も増えていき、容易に逃げられないようにしてやる。

「その適当に仕事を見つけてってところに俺は言いたいことがあるんだが……っ」

もう一度キスで塞いだ。

薄い上唇を噛み、今は最初から隙間が空いている、イチゴの香りの中に滑り込む。おとなしく俺に舐められている紺が、摑まれたままの腕を俺の首に回し、しがみついてきた。

「……ん、……ん」

入ってくる舌を招き入れ、紺にも俺を味わわせる。顔を倒し、深く侵入してくるのを許しながら、笑いが込み上げてきて仕方がなかった。

急いで用意された段ボール箱。乱雑に入れられた荷物たち。俺専用のコーヒーメーカー。雨に晒されながら俺の帰りを待っていた濡れた髪。そして今俺の中にあるイチゴ味。

こいつ、どんだけ俺のことが好きなんだよと思うと、キスをしながらどうしても口元が弛んでしまう。

「……何笑ってんだよ」

「笑ってねーよ？」

「笑ってるだろ」

「いや、かわいーなーって思ってさ」

包帯の上から腕を握られた。

「いてっ！　痛ぇよっ！　傷が開くだろ」

「いい気味だ。天罰だ」

「なんの罪だよ」

「お前が存在していること自体の罪だな」

減らない口だ。塞いでやろうとまた顔を近づける。

「もう黙っとけ」

人の傷を摑んでいる腕を摑み返し、もう一度自分の首に回させる。顎を摑み、親指で引いて開けさせた唇に、横から合わさる。舌をやさしく吸いながら指先で顎の下を擽《くすぐ》ると、紺が猫のように目を細め、小さく鳴いた。

「……んぅ……」

どう反論されようが、いい加減だと罵られようが構わない。こいつの言うとおり先のことは何も決まっちゃいないが、俺がこいつを絶対に手放さないことだけは決定事項だ。

「交渉成立だな」

「テツロー……」

溶け始めた表情をした紺が、俺を呼んだ。

「ん？　なんだ？」

「あのな」

額を合わせ、すぐにでもキスができる距離で、紺の言葉を待つ。

「いつか、それでもなんかあって、もし、テツローが死んだりした時な」

「……まだそこから離れられねぇか。まあ、いいよ。そんで？」

「そしたら俺も……死んでもいいか？」

おでこを合わせたまま、俺のキスを待ちながら、紺が言った。

「お前が死んだら、あとを追っても、いいか？」

先立たれ、残された者の苦しみと哀しみを、こいつは知っている。どれだけの無念と後悔を持つことになるのか。親を亡くし、姉を奪われ、そして、自分もが殺されそうになったあの時の、周りの人の嘆きを見ていた紺は、それがどれだけ人を傷つけ、哀しませるかということを誰よりも知っているはずだ。

それを充分理解した上で、それでも死んでもいいかと訊いてくる。

「紺、お前……」

これは、どうしようもなくやっかいだ。やっかいな上に——重い。俺が死んだら自分も死ぬと言う。どんだけ人に責任を負わせようとしているのか。

「……しょうがねえなあ」

だけど、それを背負わないと、こいつはここからきっと出ていってしまうんだろう。俺が死ぬのが恐くて仕方のない紺は、もしそうなったら自分も死ぬと、それを承知でなければ一緒にはいられないと言っているのだ。

「分かった。なるべく俺も死なないようにするけどさ」

「うん」

「でももしそうなったら……いいよ。死んでいい。俺んところに来い」

「死んでも……いいんだな」

「ああ。あとを追っていいぞ。しょうがねえもんな」

俺の承諾を聞き、紺が笑った。

本当にこいつはどうしようもない。自分の不安の解消のために俺を置き去りにして逃げようとし、次にはとんでもない条件を突きつけて、俺を脅してくる。

そしてどうだ。死んでいいと許可をもらったお前は、今までに見たことのないような安心した顔をして、最高の笑顔を見せるのだ。

腹を括《くく》るしかないと観念させられる。とんでもない奴を捕まえてしまった。

逃げようとするこいつを捕まえたのは俺だ。安易に興味を持ち、好みだからと口説き、そのうち深みに嵌まってしまった。

強情で自分の感情に不器用なのが可愛くて、しっかりしてそうで実はそうでもないのが心配で、それが俺の前でどんどん油断した態度を取るようになるのが嬉しくて、もっと柔らかく解してやりたいと思っていた。

強がっていても、ちょっとの衝撃でポキンと折れてしまうこいつが、自分のそんな弱さを認め、俺がいないと生きていけないとまで言っているのだ。そこまで言われたら、腹を括るしかないじゃないか。

紺が笑っている。

綻《ほころ》び始めた花のような笑顔で俺を見つめ、それに引き寄せられるように近づき、唇を合わせる。イチゴの味は俺の中にも広がって、もうどっちの味の区別もなく溶け合っている。

キスを交わしながら抱き合い、その身体を押し倒し、ベッドの上に仰向けになった紺の顎を摑み、被《かぶ》さった。

「……んっ」

深く侵入しながら、紺の頭を抱えるようにして抱いた。回された掌が、シャツ越しに俺の鳳凰を撫でてくる。

刺青を彫ったことを後悔はしていないが、こんな俺が社会に出て働けるかどうか、紺が言うとおりに、それはとても難しいことだろう。

だけどちゃんとしてやらねえとな。

しがみついてくる細い身体を抱きしめながら、そんなことを考えた。

「テツロー……」

「うん」

「テツロー」

「なんだ？」

俺を呼んでいる紺にいちいち返事をしながら、自分の服を脱いでいった。脱いでいる俺を黙って眺め、紺も素直に脱がされていく。

死ぬことの決定権を俺に委《ゆだ》ねた紺は、今すべてを俺に任せて、安心しているようだった。

「お前本当に……」

なんだってこいつはこんなに可愛いんだろう。

生意気な口をきき、揚げ足取りに余念のないこいつは面白いが、こうして素直に俺に身を任せている紺は、捨て犬オーラ全開で、もうどうしてやろうかっつうぐらいに愛《いと》しい。

色も感触も違う、二つの肌を両手で撫でながら、その可愛らしい顔を見つめ続ける。

「……っ、ん……」

指先が乳首を掠《かす》めると、紺の身体が跳ねた。相変わらず身体は素直に俺の指にすぐさま反応してくる。

もう一度キスを落とし、宥めるように紺の肌を撫でてから、一旦ベッドから下りた。

「おとなしく待ってろよ」

「今日は枕には仕込んでないのか」

減らず口を叩《たた》く紺に「まあな」と笑いかけ、狭い部屋のすぐそこにあるチェストの引き出しを開けた。目的のものを手に取り、ベッドに戻りかけて気が変わる。ベッドから部屋の反対側にあるクローゼットまで行き、その扉を開けた。

「何してるんだ？」

「ああ。確かこの奥にしまっといたんだよな」

「何を？」

「あったあった」

吊《つ》り下げられた洋服の下に突っ込んであるがらくたの中から、箱を取り出した。

「お前、これ……」

箱ごとベッドまで運び、紺の前で開けてみせる。

「こんなもの、まだ持ってたのか」

紺の部屋に押し入った時に一緒に運び込まれた道具たちだ。俺はそれ専門の業種じゃないから、紺の部屋から持って帰り、そのままクローゼットに押し込んでいた。

「捨てろよ、そんなもの」

「えー、もったいないじゃん。いつか仕事で使うかもしれないし、いわば商売道具？」

「どんな仕事をするつもりだったんだよ」

剣呑な声を出す紺に構わず中身を取り出す。首輪と手錠と足枷《あしかせ》。他にもおもちゃだの縄だのが入っていたが、俺はその中から黒革の首輪だけを取り出した。

「なんだよ。これつけろってか？」

「ああ」

幅の太い、黒いベルトを紺の首に回してやる。軽い思いつきで、嫌がったらやめるつもりだったが、予想に反して紺はおとなしく俺に首輪をつけられていた。

「やっぱり似合うな。首の傷を隠すのに、お前これをずっとつけてれば？」

「馬鹿言うな」

強気な瞳《ひとみ》が俺を睨む。

「それに隠しているつもりもない」

そのくせどこか安心したような、甘えたような顔をしている。

首輪についた銀の鎖を引っ張ると、その強さより先に紺が俺の首に抱きついてきた。

「紺」

名前を呼び終わる前に塞がれて、入ってきた舌先が俺のそれに絡まってくる。

「……ん、ん」

俺の首を抱き、髪をかき回し、顔を倒してもっと深く、もっと奥へと紺が欲しがる。

気が強いくせに臆病《おくびょう》な捨て犬は、首輪をつけられて以前よりも奔放に振る舞い、遠慮なく俺の中に侵入し、奪っていこうとしているようだ。

ベッドに向かい合って座ったまま、紺のやりたいように犯され、ほしいままに奪われ、それにおとなしく従っていた。甘い唇が下りていき、顎を噛み、喉元に吸いつき、舌を這わせてくる。

やがて、深く沈み込んだ紺が俺の腰に巻きついてきた。

「紺……？」

俺の足の間を陣取り、丸まったままへその辺りに唇を当てていた紺が俺を見上げた。薄い唇の間から、熟れたような赤い舌をひらめかせ、それが俺の先端に当てられる。ぺろ……、と小さく遠慮がちに置かれたそれが、チロチロと動いている。

今度は俺が紺の髪に指を差し入れて、掌でやさしく撫でながら、紺の動きを見守っていた。恐る恐る味を確かめるように舌先を動かし、次にはやはり小さく吸いつく。チュ、プ、と可愛い音がして、ほんの浅く吸いついて、また舌先を動かしてくる。

「……は、ぁ……」

大きく息を吐きながら、天井を見上げる。足元では悪戯《いたずら》をするようにチョロチョロと紺の舌が動き回り、気持ち良いよりくすぐったいのに、ヤバイぐらいに興奮していた。

「う……っ、ぅ……」

カプリと先端の部分を口腔に招き入れ、まるであめ玉をしゃぶるように転がし、また離れてはペロペロと舐めている。愛撫《あいぶ》というよりむしろ遊んでいるような仕草で玩《もてあそ》ばれ、もどかしさと興奮とがない交ぜになり、差し入れた指で紺の髪を掻《か》き上げた。

頭を撫でてやったら、紺が目を細めて見上げてきた。小さく差し出した赤い舌をまたチロチロと動かしながら、ほんのりと笑っている。

それから一旦口を離し、大きく息を吸い込むと、紺は目を瞑《つむ》り、まるで水に潜るように深く、俺を呑み込んできた。

「……ぁあぁ……」

柔らかい感触に声が漏れ、抱えていた頭を知らず知らず動かしていた。俺の手にそそのかされるようにして、紺の頭が上下する。

「ん……ん……ぅ……ん」

クチュ、クチュ、と水音が聞こえ、同時に紺の声も聞こえた。苦しかったかと手の力を弱め、撫で上げながら剝がそうとすると、腰に回っていた腕に力が籠もり、もう一度深く呑み込まれる。

「紺……」

無理をするな、と、その頭を撫でる。紺はそれに応えるように笑い、ゆっくりと吸いついてきた。

「旨いか？」

お子ちゃまの舌で、大人の味を味わっている紺に聞いてみると、紺は微《かす》かに口元を弛め、

「……不味い」と言った。

「このやろ」

頭に置いていた掌を滑らせ、耳を擽り、背中を撫でた。白と薄茶色の二色の模様をつけた背中が俺の足元で揺れている。

色の境目を指でなぞり、それから背骨に沿って引っ掻くようにすると、紺の身体がぴくりと跳ねて、背中が撓《しな》った。

「ぁ……はぁ……」

指の刺激で離してしまった唇を、また慌てて下ろしてくる。

「ぅ……ふ、ぅ……ん、ん……」

苦しさともう一つ、俺の指の刺激に感じているらしい吐息を漏らし、それでも俺から離れようとしない。

背骨を伝い、さらに指先を進め、色と感触の違う皮膚の境目から外れ、白だけになった丸い二つの膨らみを摑んだ。

「あ、あぁ……」

両方の掌でゆっくりと揉《も》みしだくと、とうとう俺から口を離した紺が鳴き声を上げた。

摑んだ尻たぶに力を入れ、紺の身体ごと持ち上げる。

「こっち。摑まれ」

自分の首に紺を摑まらせ、そうしておいて、さっき引き出しから持ってきたジェルを取り出し、濡らした指をもう一度紺の後ろに持っていった。

「あ……」

膝《ひざ》に跨《また》がるように乗っていた紺が小さく声を上げる。すでに何度も受け入れて慣れ親しんだ俺の指が、ゆっくりと埋まっていく。

「ぁ……あ……」

紺が声を漏らす。俺と目が合うと少しだけ笑い、小さく開いたままの唇を俺に寄せてきた。

舌を絡ませ合いながら、俺の指の動きに合わせて紺の身体が揺れている。二本、三本と増えるそれを、柔らかく受け入れていく。

首輪から垂れている銀の鎖が俺の胸に落ち、紺が揺れるたびにジャラジャラと音を立てる。首輪をつけているのは紺なのに、繋《つな》がれているのは俺のような錯覚が起きた。

「てつ……ろ……」

「そのまま、乗れ」

充分に解された後孔に、さっき紺の舌先で可愛がられた先端をあてがう。

「ぅ……ぁ、あ……」

おとなしく俺の言うことに従い、紺が腰を落としてきた。

「……ん、んぅ……ぁ」

ゆっくりと沈み込み、繋がっていく。抱えていた腰を少しだけ持ち上げ、もう一度下ろし、深く、深く、紺が下りてくる。

体重に任せて沈み込み、すべてを呑み込んだ紺が、ホゥ、と息を吐き、俺の首に巻きついてきた。

「上手にできたな」

「うるさい。馬鹿」

悪態をつきながら、それでも俺を見つめてくる瞳は嬉しそうに瞬《まばた》いている。

「テツロ……」

「ん？　なんだ？」

「重いだろ……」

下から串刺《くしざ》しにされた状態で、身体を持ち上げようと背中を捩《よじ》らせているが、上手く持ち上がらないらしい紺が訊いてきた。

「確かに」

「ん……ン……」

首に回した腕に力を籠めて、体重を分散させようと藻掻いている紺の背中を強く抱く。

「んでも、これくらいの重さは……全然平気だ」

これぐらいの重さなど、なんとも思わない。もっと重たい荷物だって持ってみせる。こいつが寄っかかってくるんなら、足を踏ん張って耐えてみせる、な一んて思っている辺り、俺も相当やられているらしいと苦笑した。

笑っている俺を、紺が見ている。小さく開いた唇は何かを言いたそうで、俺を見つめる瞳は何かを訊きたそうだ。どうした？　と見つめ返したら、紺がゆらりと笑い、キスをされた。

そのままゆっくりと押し倒されて、紺を上に乗せたままベッドに仰向けになる。俺の上にいる紺は、いつも俺がするように、俺の唇を嚙み、舌で舐め、中に入り込み、絡めてきた。

好き放題な紺に好きなだけ与え、やがて身体を起こした紺の鎖を摑んだ。

「いい眺めだな」

首輪をつけた紺が鎖を持たれたまま、俺を見つめている。空いたほうの手で紺の腰を摑み、動いてみせろと促すと、ゆっくりとうねるように、紺の身体が揺れ始めた。

「……ぁ、んん、……んっ、ん」

俺の手の動きに合わせて腰を上下させ、そのたびに水音が鳴る。小さな吐息が次第に深く、激しくなり、紺の動きが大胆に自由になっていく。

「あ……あ、テツ、ロ……テツロー……」

蠢く身体に手を這わせ、色の違う肌の合わせ目に沿って撫で上げる。

「ぁああ……ん……」

背中を反らせ、首輪の巻かれた喉元が晒された。揺れるたびにジャラジャラと胸に落ちた鎖が音を鳴らし、紺の息づかいも激しくなっていった。

「……はっ……ぁ、あ、ああ、んぅ、あ……ぁあ、ぅん」

身体を揺らし、紺が俺に浸っている。いつもは強情に結ばれた唇は、閉じることを忘れたように小さく開いたまま、声を放ち続ける。

下りてくる身体に合わせて腰を浮かせ穿《うが》つと、「あっぁ、ああ」と大きな声が上がった。ほんのりとピンクがかった白い肌と、薄茶色の肌が光を増す。まるで羽ばたくような動きを見せる紺の模様を眺めながら、俺も紺に浸っていた。

「んんんっ……ぅ、あ、あっ、テツ、ロー、ああ、あ……っ、ぁああ――――っ」

天井を仰いだ紺がさらに声を上げた。触れられることのないまま自ら育ち、濡れながら揺れている紺の中心から愛液が溢れ出る。

「……はぁ……ぁん、ぅ……ふ、ぁ……」

身体を硬直させ、きつく中を絞られて、俺もそこへ向かって駆け上がる。

「ぅっ……はぁ……っ、く……うっ……っ」

激しく突き上げる俺に、紺が合わせてくる。紺の放った熱い飛沫《ひまつ》で腹を濡らしながら、俺も紺の中へと解き放った。

「あ……っ、あぁ……」

俺の上で紺がゆっくりと揺れている。

絶頂の余韻を楽しみながら、俺を味わい、俺を眺め、それからうっすらと唇を綻ばせた。

胸に垂れていた鎖を引くと、素直に下りてきた唇に自分のそれを合わせる。温かく湿った肌が俺の肌に吸いついてきた。

「……テツロー……」

甘えるような声に応える代わりに、もう一度鎖を引いた。

「お前、ゴムなしで出したな」

いきなり低い声が聞こえ、「うん。間に合わなかったし」と答えたら、鼻を噛まれた。

しかも容赦なく。

「いてっっ！」

「どうすんだよ。気持ち悪いだろ！」

事後の余韻もクソもない声で叱《しか》られた。

「じゃあ、ずっとフタしとけばいいんじゃね？」

このまま二回戦目に突入してもいい旨を伝え、俺の上から退《ど》こうと藻掻いている紺の鎖を握りしめたら頭を引っぱたかれた。

「ふざけんな。抜け」

「すげえよかったし」

「うるさいっ」

「お前かわいーなー」

「……殺すぞ」

「そしたらお前も死ぬんだろ？」

暴れながら分かりやすく照れている紺を乗せたまま、死ぬほど俺が好きなくせに、という言葉は、言わないでおくことにした。

あとがき

こんにちは、もしくははじめまして、野原滋です。

このお話は、デビュー前に書いた投稿作でした。ある日突然BLに嵌り、書きまくった末に誰かに読んでもらいたくて、ですがその方法が分からず、いきなり雑誌社に投稿を始めるという無謀な道を歩いてきた私ですが、そんな中光栄にも賞をいただき、生まれて初めて雑誌に参考掲載されたものでした。

それだけに思い入れが深く、攻め受け両キャラともとても気に入っている作品です。このたびラルーナ文庫様に拾っていただき、こうして文庫化されたことが、本当に嬉しく、感謝しきりです。

本編の前にこちらを開かれる読者様もいらっしゃるかと思いますので、なるべくネタバレにならないようにと思っているのですが、それが難しい……。と、いうような構成になっています。出だしはシリアスっぽい感じですが、時々はクスッと笑えるものになればいいなあ、と思って工夫をしてみました。ドキドキハラハラの中で、笑っていただいたり、和んでいただいたり、ハッとしていただいたり、キュンとなったりと、一冊の中で色々楽しんでいただけたなら幸いです。

イラストを担当してくださった香坂あきほ先生、素晴らしいイラストをありがとうございました。キャララフを見た瞬間から、もうこれしかないっていうぐらい興奮しました！先生には以前にも、お道具関係のお仕事をご一緒させていただきました。今回もまた手錠やら鎖やら、細かいリクエストに何度も応えていただき恐縮です。

そして、この難しい設定のお話を受け入れてくださった担当様、ありがとうございました。とにかく読んでみてくださいとごり押しし、呆れられたかとも思ったのですが、ゴーサインを貰った時には、本当に嬉しかったです。ごり押ししといてよかった（笑）。

最後に、この本をお手に取ってくださった読者様にも厚く御礼申し上げます。一筋縄ではいかないキャラたちですが、彼らの行く末を見届けた後、よかったねと祝福していただけたなら、こんなに嬉しいことはありません。

次の機会にも皆様にお会いできますことを願いながら。

野原　滋

実は可愛い味覚の紺さんに
餌付けをしているテツローさん。
こんなふたりの関係が
とても微笑ましかったです…！

犬、拾うオレ、噛まれる：旧題『愛だ恋だという前に』小説花丸二〇一〇年秋の号、冬の号
首輪は、どっちだ：書き下ろし

ラルーナ文庫

この本を読んでのご意見・ご感想・ファンレターなどお待ちしております。〒111−0036 東京都台東区松が谷1−4−6−303 株式会社シーラボ「ラルーナ文庫編集部」気付でお送りください。

犬《いぬ》、拾《ひろ》うオレ、噛《か》まれる

2016年8月7日　第1刷発行

著　　　者｜野原《のはら》　滋《しげる》

装丁・DTP｜萩原 七唱

発　行　人｜沓 仁警

発　行　所｜株式会社 シーラボ
〒111-0036　東京都台東区松が谷 1-4-6-303
電話　03-5830-3474／FAX　03-5830-3574
http://lalunabunko.com

発　　　売｜株式会社 三交社
〒110-0016　東京都台東区台東 4-20-9　大仙柴田ビル 2 階
電話　03-5826-4424／FAX　03-5826-4425

印刷・製本｜シナノ書籍印刷株式会社

　ISBN978-4-87919-898-3